COLLECTION FOLIO

Zadie Smith

Indices

Six essais

Traduit de l'anglais
par Sika Fakambi

Gallimard

Tous les bénéfices perçus par l'autrice
lors de la vente de ce livre seront reversés
à des organismes de bienfaisance.
Pour l'édition présente :
The Equal Justice Initiative
The Covid-19 Emergency Relief Fund for New York

Titre original :
INTIMATIONS

Zadie Smith, jamaïcaine par sa mère et anglaise par son père, est née en 1975 dans une banlieue du nord-ouest de Londres ; où elle vit toujours. *Sourires de loup*, paru en 2001, a reçu entre autres les prix Guardian et Whitbread du premier roman. Depuis, elle a publié *L'homme à l'autographe, De la beauté*, récompensé par l'Orange Prize en 2006, *Changer d'avis, Ceux du Nord-Ouest, Swing Time, Grand Union* et *Indices.*

pour Jackie & Jay

Avec quelle évidence se manifeste cette vérité. Que nulle situation n'est plus propice à l'exercice de la philosophie que celle où tu te trouves maintenant[1]*.

MARC AURÈLE

J'ai un vocabulaire adéquat quand il s'agit de prendre des notes ou de tenir un journal, mais parfaitement inadapté à une vie morale active[2].

GRACE PALEY

1. *Pensées pour moi-même,* XI-7, d'après la traduction d'Amédée I. Trannoy.

* Sauf mention contraire, toutes les notes sont de la traductrice.

2. « Faith dans un arbre », in *Énorme changement de dernière minute,* traduction de Sylvie Granotier.

Avant-propos

Bien des livres seront écrits à propos de l'année 2020 : ils seront historiques, analytiques, politiques, ou des ouvrages de synthèse générale. Ce livre n'est rien de tout cela — et nous ne sommes pas même au milieu de l'année. Ce que j'ai essayé de faire, c'est d'organiser certaines des impressions et des pensées que ces événements, à ce jour, ont suscitées en moi, dans les bribes de temps que cette année particulière nous a octroyées. Ces essais sont avant tout personnels : petits par définition, courts par nécessité.

Dès le début de la crise, je suis allée chercher Marc-Aurèle et, pour la première fois de ma vie, j'ai lu ses *Pensées,* non pour l'exercice intellectuel, ou pour le plaisir, mais avec l'attitude que j'adopte devant les instructions de montage d'une table en kit — j'avais besoin d'un guide pratique. (Que l'aide offerte par Marc-Aurèle soit de nature spirituelle ne la rend pas moins pratique à mes yeux.) Depuis lors, une autre crise s'est heurtée à la première, et je ne suis pas plus stoïque aujourd'hui que je ne l'étais au moment où j'ai ouvert ce grand classique. Mais j'en suis ressortie avec deux fort précieuses indications. Converser avec soi-même peut être utile. Écrire, c'est donner à l'entendre.

31 mai 2020
Londres

Pivoines

Juste avant mon départ de New York, je me suis trouvée en posture inattendue : agrippée aux grilles du Jefferson Market Garden, à contempler ses parterres. L'instant d'avant, je galopais comme à mon habitude, résolue de mettre à profit deux petites minutes de temps que j'avais extraites des périodes de trois quarts d'heure qui, à l'époque, segmentaient mes journées. Chaque bloc de temps était comprimé, méticuleusement rempli et nivelé, comme dans un château de sable d'enfant. Deux minutes de « liberté », c'était un macchiato. (Cela, dans un monde idéal, sans transaction d'espèces, et sans personne pour m'adresser la parole.) Ces jours-là, mon irritabilité retournait la pointe de ma pelle à sable contre les baristas volubiles, les mères exagérément amicales, les étudiants crampons, les lecteurs inquisiteurs — toute personne m'apparaissant comme une menace à l'encontre du Programme. Ma défense était bien organisée. Mais l'attaque, perfide, fut horticole. Des tulipes. Poussant dans un modeste jardin public, sur un triangle de terre à l'intersection de trois avenues. La tulipe est une fleur sans grande sophistication — un enfant pourrait en dessiner — et celles-ci étaient d'un criard... Roses, avec des reflets orangés. À les regarder là déjà, je les aurais voulues pivoines.

Née en ville, élevée en ville, je n'avais pas conscience en moi d'un intérêt particulièrement poussé pour les fleurs — aucun intérêt suffisamment fort pour me faire renoncer au café, en tout cas. Mais voici que mes doigts se cramponnaient aux barres de cette grille. Je ne les lâchais pas. Et je n'étais pas la seule. Deux autres femmes étaient postées de chaque côté du Jefferson Garden, toutes deux avaient à peu près mon âge, et elles regardaient à travers les barreaux. La journée était froide, lumineuse, bleue. Pas un nuage entre le World Trade Center et le vieux numéro de téléphone à sept chiffres peint sur le pignon de *Bigelow's*[1]. Nous avions chacune un endroit où aller. Mais un instinct phénoménal nous avait

1. *Bigelow's* est un bâtiment emblématique de Greenwich Village, il s'agit du plus ancien apothicaire de New York et des États-Unis, *C.O. Bigelow Apothecary,* toujours en activité.

attirées ici, et le regard prédateur que nous affichions en reluquant ces tulipes me fit penser à Nabokov, décrivant la genèse supposée de *Lolita* : « Si je me souviens bien, le frisson d'inspiration initial fut provoqué bizarrement par un article paru dans un journal à propos d'un singe du Jardin des plantes qui, après avoir été cajolé pendant des mois par un chercheur scientifique, finit par produire le premier dessin au fusain jamais réalisé par un animal : cette esquisse représentait les barreaux de la cage de la pauvre créature[1]. » Ce passage m'a toujours paru intéressant — même si je n'en crois pas un mot. (Quelque chose a bien dû inspirer *Lolita.* Je suis convaincue qu'aucun primate n'y a été mêlé.) Le scientifique offre le morceau de charbon en espérant ou en s'attendant à une révélation transcendante sur ce singe, mais la révélation s'avère un fait de contingence, présentant un ensemble de circonstances — les choses telles qu'elles sont. Le singe est enfermé dans une cage du fait de sa nature, de ses instincts, et des circonstances qui sont les siennes. (Il appartient aux zoologistes d'établir lequel de ces éléments joue le rôle prépondérant.) Et voilà. Pas besoin d'une analyse freudienne pour

1. Vladimir Nabokov, « À propos d'un livre intitulé *Lolita* », traduction de Maurice Couturier.

comprendre comment trois femmes d'âge mûr, vacillant à l'orée de la périménopause, avaient pu se trouver aimantées par un si clinquant symbole de fertilité et de reviviscence, au beau milieu d'une métropole de béton stérile… Et en effet, lorsque nos regards se croisèrent, il y eut des sourires embarrassés à la ronde. Mais dans mon cas, l'embarras ne fut pas celui qu'il eût été, dans le temps — le temps où je lisais *Lolita* pour la première fois, quand j'étais jeune femme. En ce temps-là, la cage de mes circonstances, selon moi, était le genre auquel j'appartenais. Pas sa réalité concrète — j'aimais assez mon corps. Ce que je n'aimais pas, c'est ce que je pensais que ce corps signifiait : que j'étais intrinsèquement liée à ma « nature », à mon corps animal — à tout cet univers simien de l'instinct — et ce de façon bien plus fondamentale que ne l'étaient, disons, mes frères. J'avais des « cycles ». Ils n'en avaient pas. Je devais faire attention à certaines « horloges ». Eux non. Il y avait des mots spécialement forgés pour moi, tapis à l'horizon, préemballés et prêts à servir de jalons pour les éventuelles futures étapes de mon existence. Je pouvais devenir une vieille fille. Je pouvais devenir une vieille bique. Je pouvais être une fille canon, ou une MILF[1], ou une

1. MILF : acronyme pour « *Mother I'd Like to Fuck* ».

« sans enfants ». Mes frères, quoi qu'il puisse leur arriver par ailleurs, resteraient simplement des hommes. Et au bout du compte, *si j'étais chanceuse,* je deviendrais la plus pitoyable des choses, une vieille dame, c'est-à-dire — et je le savais déjà — une figure que n'importe qui se sentirait libre de traiter avec condescendance, même les enfants.

« (You Make Me Feel Like) A Natural Woman » — j'écoutais la chanson et j'essayais d'en imaginer une version masculine. Il était possible de faire en sorte qu'un individu se sente un homme, un « vrai » — sans doute enfermé lui aussi dans sa cage — mais jamais cet individu ne se sentirait un « homme naturel ». Un homme était un homme était un homme. Il pliait la nature à sa volonté. Il ne s'y soumettait pas, excepté dans la mort. Il apparaissait que la soumission à la nature était mon domaine, or je ne voulais prendre aucune part en cette affaire, et par conséquent je me refusais à suivre le cours de mes cycles menstruels, par exemple, et préférais pleurer tout un lundi avant de découvrir au mardi venu la (prétendue) cause de mes larmes. Oui, tout cela valait bien mieux que de se préparer comme il faut à passer un lundi cafardeux, ou de s'imaginer que ce lundi serait en quelque manière inéluctable. Mes humeurs n'appartenaient qu'à moi. Elles ne reflétaient en rien une prétendue nature.

Je refusais d'admettre que quoi que ce soit en moi pût avoir un mouvement cyclique, mensuel. Et si un jour j'avais des enfants, ce serait uniquement « quand je l'aurais décidé », affranchie de ce glas que font sonner toutes les redoutables horloges dont regorgent les magazines féminins. Qu'on ne me parle pas de *« broodiness »*, ce prétendu « instinct de couvaison[1] » : je n'étais pas une poule. Et si, du temps de mes vingt ans, quelque impudent freudien avait osé suggérer que mon appartement — débordant de coussins en fourrure et de tapis en fourrure et de traversins en fourrure et de plaids en fourrure et de poufs en fourrure — révélait chez moi, en quelque sorte, un désir sublimé de compagnie animale, ou qu'inconsciemment j'y préparais mon nid dans l'espoir d'accueillir une petite vie nouvelle, eh bien l'impertinent freudien aurait instantanément pris la porte. J'étais une femme, mais pas *ce genre* de femme. « Misogynie intériorisée » — c'est ainsi, je présume, qu'on appellerait tout cela de nos jours. Je n'ai pas de meilleur terme. Mais au fond du fond, il y avait là une obsession

1. *Broodiness,* « instinct de couvaison » : mot anglais associant *breed* (l'instinct de se reproduire de la poule) à *moodiness* (les sautes d'humeur) : « Se dit d'une femme ; fait de ressentir, à la vue d'un enfant, un fort désir maternel d'avoir un (autre) bébé » (*English Oxford Dictionary*).

du contrôle, que l'on retrouve souvent chez les gens de mon acabit (les écrivains).

On décrit communément l'écriture comme étant une pratique « créative » — cela ne m'a jamais semblé être le qualificatif approprié. Planter des tulipes, c'est créatif. Planter un bulbe (j'imagine, car je ne l'ai jamais fait), c'est participer d'une façon ou d'une autre au miracle cyclique de la création. Écrire, c'est contrôler. Le département universitaire où j'enseigne devrait s'appeler, à plus juste titre, Département du Contrôle de l'Expérience. Le flot de l'expérience — sidérant, irréfrénable, conscient ou inconscient — déferle sur chacun de nous. Face aux choses qui nous arrivent, nous nous efforçons tous de nous adapter, d'apprendre, de nous accommoder, parfois de résister, d'autres fois de nous soumettre. Mais les écrivains ne s'arrêtent pas là : ils se saisissent de toute cette masse informe de confusion, et ils la coulent dans un moule de leur conception. Écrire, c'est *entièrement* résister. Il peut arriver que ce soit une activité plaisante, parfois même utile — sur le papier. Mais d'après mon expérience personnelle, c'est une pratique plutôt vaine pour ce qui est de la vie réelle. Dans la vie réelle, la soumission et la résistance n'ont pas de forme prédéterminée. Ce qui est encore plus déroutant, pour quelqu'un qui écrit comme je le fais, c'est que les valeurs habituellement associées à ces mots sur le papier — soumission, négatif ; résistance, positif — n'ont rien de fiable sur le terrain. Parfois il faut se soumettre à l'amour, et il ne faut pas résister à la tendresse. Parfois il ne faut pas résister à la maladie, et il faut se soumettre à l'inévitable. Et vice versa. Chaque roman qu'on lit (sans parler de ceux qu'on écrit) nous transmet une certaine idée de la meilleure attitude à adopter en telle ou telle circonstance et — pour peu qu'on en lise quelques-uns — on en retire, à tout le moins, un large répertoire d'attitudes possibles en différentes situations. Mais là-dehors, l'expérience de la vie ne se présente pas avec des têtes de chapitre, ou des sauts de paragraphe, ou des ellipses pour reprendre son souffle — tout ça vous tombe dessus sans jamais s'arrêter.

Maintenant plus que jamais — pour reprendre un moule narratif en vogue — je sais cela. Il se trouve que le moment où je me suis trouvée impérieusement attirée par ces tulipes a précédé de quelques jours le commencement de la grande mortification mondiale — laquelle s'est abattue sans discrimination sur les hommes comme sur les femmes — mais dans ma mince flaque d'expériences vécues, ce sont ces imbéciles de tulipes qui me tiennent lieu d'aperçu prémonitoire de ce que je ressens maintenant, tous les jours et à tout instant, comme étant la nature complexe et ambivalente de la « soumission ». Si seulement il était possible d'énoncer simplement ces sentiments sans en faire tout un plat, sans argumenter ou verser dans le dogmatisme ! *Tel genre* de femme et *tel autre genre* de femme — autant de bouées de sauvetage lancées à un Héraclite qui se noie. Chacune de ces bouées est une fiction différente. Est-il possible d'être aussi souple sur le papier — aussi éhontément autocomplaisant et perpétuellement inconstant — que nous le sommes dans la vie ? Il semblerait que nous n'y parvenions pas. Au lieu de cela, écrire, c'est nager dans un océan d'hypocrisies, tout le temps. Nous savons bien que nous nous berçons d'illusions, mais ces illusions, étrangement, nous sont nécessaires, ne serait-ce qu'un temps, pour créer le moule dans lequel nous déverserons tout ce à quoi nous ne parvenons pas à donner forme dans la vie. Kierkegaard dit cela bien mieux que moi dans cette parabole :

Le chenil près du palais

> *À quoi comparer la relation entre le système du penseur et son existence réelle ?*
>
> Tel penseur élève une bâtisse immense, un système, un système universel embrassant toute

> l'existence et l'histoire du monde, etc. — mais regarde-t-on sa vie privée, on découvre ébaubi ce ridicule énorme, qu'il n'habite pas lui-même ce vaste palais aux hautes voûtes, mais une grange à côté, un chenil, ou tout au plus la loge du concierge ! Et qu'on risque un mot pour lui faire remarquer cette contradiction, il se fâche. Car que lui fait de loger dans l'erreur, pourvu qu'il achève son système… à l'aide de cette erreur[1].

Elles étaient tulipes. Je les voulais pivoines. Dans mon histoire elles le sont, et le seront, elles étaient et seront pour toujours des pivoines — car lorsque j'écris, l'espace et le temps même se plient à ma volonté. Par la concordance des temps ! Dans la vie réelle, le chenil est ma demeure. Quand j'étais gamine, je me disais que je préférerais être un cerveau dans un bocal plutôt qu'une « femme naturelle ». Il se trouve que je suis finalement un mélange bizarre des deux, passant de l'un à l'autre d'un instant à l'autre, sans maîtrise aucune du quand, du où et du pourquoi de ces variations. Que la partie « naturelle » de ma féminité soit un fait biologique essentiel ou l'expression (comme l'a

1. Sören Kierkegaard, in *Traité du désespoir*, traduction de Jean-Jacques Gateau.

soutenu Beauvoir) d'une acculturation si profonde qu'elle ressemble fort à des racines poussant d'un bulbe, à ce stade de ma vie j'avoue que je n'en sais rien, et cela m'est égal. Je ne suis ni une scientifique ni une sociologue. Je suis une romancière. Capable d'admettre, certes un peu tard, et alors qu'une étrange et irréfrénable saison de mort, dehors à ma fenêtre, se heurte à l'émergence des pissenlits, que le printemps parfois se lève en moi aussi, que la lune de temps à autre titille mes humeurs, et qu'il me suffit d'entendre un bébé pleurer quelque part pour qu'en moi quelque chose tout à coup s'alerte — se soumette. Et quelquefois une espèce de fleur de printemps des plus quelconques aura raison d'une esthétique strictement citadine et consciemment, longuement cultivée. Juste avant qu'un avril sans précédent ne survienne, et ne rende absurde chacune de ces lignes.

L'exception américaine

Il dit si rarement la vérité que lorsqu'on l'entend sortir de sa bouche — le 29 mars 2020 — elle a la force d'une révélation : « J'aimerais qu'on puisse retrouver notre vie d'avant. Quand on avait la meilleure économie qu'on a jamais eue, et qu'on n'avait pas la mort. »

Bon. Peut-être pas toute la vérité rien que la vérité. La première phrase n'est ni vraie ni fausse : elle ne fait qu'énoncer un désir. Un désir dont, je l'admets, au moment où je l'ai entendu — tout comme j'ai entendu son écho bêlant en moi — j'ai soupesé le poids dans ma main, un instant, comme je l'aurais fait d'une pomme rutilante. Cela avait tout l'air d'un bon vieux souhait des « temps de guerre », une analogie guerrière qu'il choisit de mobiliser dans son discours. Sauf qu'en 1945 personne ne souhaitait revenir à « la vie d'avant », personne ne souhaitait revenir en 1939 — sinon pour ressusciter les morts. Le désastre requérait une aube nouvelle. Et seule une pensée nouvelle peut conduire à une aube nouvelle. Cela, nous le savons. Pourtant, à l'instant où il dit cela — « j'aimerais qu'on puisse retrouver notre vie d'avant » — il surprend son auditoire dans un moment de faiblesse : en robe de chambre, en pleurs, en télétravail, avec un bébé sur la hanche *et* en télétravail, ou bien en train d'enfiler une combinaison de protection bricolée à la maison avant d'aller braver le métro, ou en chemin vers un travail qu'on ne peut pas faire à la maison, tandis que d'ouest en est des millions d'enfants farcis d'ennui tournent en rond comme des lions en cage. Oui, dans un contexte de pareille fragilité, entendre « la vie d'avant » a quelque chose de réconfortant, ne serait-ce que d'un point de vue rhétorique, comme d'entendre « il était une fois… », ou « mais je *l'aime* ! » La deuxième phrase me ramène à la raison. Foutaises, foutaises, foutaises. Le diable a de la constance, au moins. Je lâche la pomme et là, voilà, toute pourrie et véreuse.

Puis il dit la vérité : *on n'avait pas la mort.*

On avait des morts. On avait des blessés et on avait des victimes. On avait des spectateurs de la scène plus ou moins innocents. On avait des décomptes de corps et quelquefois même des photos de sacs mortuaires dans les journaux, même si beaucoup ont estimé qu'il ne fallait pas les montrer. On avait des « inégalités d'impact sanitaire ». Mais en Amérique, tout cela sous-entend que ces morts devraient en quelque manière se sentir coupables. Mauvais endroit, mauvais moment. Mauvaise couleur de peau. Mauvais quartier. Mauvais code postal, mauvaises croyances religieuses, mauvaise ville. Mauvais positionnement des mains quand on te demande de sortir du véhicule. Mauvaise assurance maladie — ou simplement aucune. Mauvaise attitude envers l'agent de police. Ce qui nous échappait radicalement, cependant, c'était l'idée même de la mort, la mort absolue. Cette mort qui nous arrive à tous, quelle que soit notre condition sociale. Cette mort absolue est la vérité de notre existence tout entière, bien entendu, mais l'Amérique a rarement été philosophiquement encline à considérer l'existence comme un tout, préférant plutôt s'attaquer à la mort comme à une série de problèmes distincts. Avec des guerres contre la drogue, contre le cancer, contre la pauvreté, et ainsi de suite. Non qu'il soit ridicule de s'efforcer de rallonger l'intervalle entre la date figurant sur notre acte de naissance et celle de notre pierre tombale : toute éthique de vie procède du sens que l'on donne à cet effort. Mais nulle part ailleurs dans le monde, peut-être, cet effort — comme son succès relatif — n'est aussi intimement lié à l'argent qu'en Amérique.

C'est là, sans doute, la raison pour laquelle les épidémies — considérées insuffisamment hiérarchisées par nature, trop peu sensibles aux disparités de revenus — ont depuis longtemps été reléguées, dans l'imaginaire américain, à l'histoire, ou à d'autres continents. D'ailleurs, comme il l'indiquait clairement au début de sa présidence, il n'y avait qu'à voir tous ces pays « de merde », assurément coupables de leur propre taux de mortalité élevé — puisqu'ils se trouvaient par définition au mauvais endroit (là-bas) au mauvais moment (avant la croissance). Forcément ces pays étaient infestés d'épidémies en permanence, puisqu'ils n'avaient pas eu la présence d'esprit d'être l'Amérique. Même l'extinction de masse mondiale — c'est-à-dire l'effondrement écologique — n'atteindrait pas l'Amérique, ou ne l'atteindrait qu'en dernier ressort, à la toute dernière minute. Ainsi en relative sécurité, à l'abri des hauts murs de son havre, l'Amérique continuerait de faire bombance du reste de ses propres ressources, qui étaient encore très très fortes, en comparaison des souffrances qu'il y avait là-bas, au-delà de ses frontières.

Mais maintenant, comme il le souligne si justement, on est très très forts avec la mort — on est vachement forts avec elle. Et il est bien à craindre, en fin de compte, que les États-Unis se fassent champions du monde en la matière. Toutefois, et paradoxalement, la nature prétendument démocratique de l'épidémie — sa faculté à frapper sans discrimination tous les électeurs inscrits — est en vérité quelque peu exagérée. C'est une épidémie, certes, mais les hiérarchies de la société américaine, forgées il y a plusieurs centaines d'années, ne sont pas si faciles à renverser. Au milieu de cette grande vague de mort aléatoire, certaines vieilles distinctions américaines persistent. Les Noirs et les Latinos meurent aujourd'hui deux fois plus vite que les Blancs et les Asiatiques. Les pauvres meurent plus souvent que les riches. On meurt plus dans les centres urbains qu'à la campagne. Le rouge, sur la carte du virus dans les différents arrondissements de New York, s'intensifie suivant exactement la même progression que celle d'une carte où ces nuances de cramoisi figureraient, non pas les contaminations et les décès, mais les tranches de revenus et la cote des établissements d'enseignement secondaire. La mort prématurée, dans ces États qu'on dit Unis, a rarement été le fruit du hasard. Elle a toujours eu une physionomie, une localisation et un fondement précis. Pour des millions d'Américains, il s'est toujours agi d'une guerre.

Maintenant, pour la première fois semble-t-il, il le voit. Et, assoiffé de gloire, il s'autoproclame président de guerre. Qu'il le prenne, ce titre, à l'instar de ce Premier ministre britannique, de l'autre côté de l'océan, qui prétend lui aussi endosser un rôle churchillien. Churchill (qui a effectivement tenu son rôle de chef de guerre) a quant à lui appris à ses dépens que même si les gens vous suivent dans la guerre, même s'ils vous accordent d'avoir mené une « bonne » guerre, cela ne signifie pas nécessairement qu'ils veulent retourner à leur « vie d'avant », ou être conduits par vous jusque dans la nouvelle. La guerre transforme ceux qui la vivent. Ce qui naguère leur était nécessaire devient inessentiel ; ce qui était considéré comme allant de soi, ce qui était dédaigné, et malmené, prend le centre de la scène dans leur existence. D'étranges inversions prolifèrent. Les gens se retrouvent à applaudir un service national de santé que leur propre gouvernement a criminellement sous-financé et négligé durant les dix années précédentes. Et l'on rend grâce à Dieu pour ces travailleurs

« essentiels » que jusque-là on regardait de haut, et que la veille seulement on vilipendait parce qu'ils réclamaient d'être payés quinze dollars de l'heure.

La mort est arrivée en Amérique. Elle y est depuis toujours, bien qu'occultée et niée, mais maintenant tout le monde la voit. La « guerre » que l'Amérique mène contre elle n'a d'autre choix que de surmonter, outrepasser et contourner une figure fantoche, vide de fond. Il s'agit bien d'un effort collectif ; des millions de personnes y participent, et ce qu'elles voient, elles ne l'oublieront pas facilement. Elles n'oublieront pas cette épreuve abjecte, cette exception américaine — voir, ainsi qu'en témoignait le gouverneur de New York Andrew Cuomo dans sa mémorable intervention, les différents États de cette fédération enchérir les uns sur les autres, « comme sur eBay », afin d'acquérir du matériel médical destiné à sauver des vies. La mort arrivera pour chacun de nous, mais en Amérique, il y a longtemps que l'on considère comme logique de réserver au plus offrant les plus grandes chances de la retarder.

Il est un espoir possible, pour l'Amérique, que dans sa vie nouvelle une idée pareille devienne enfin inconcevable, et que sa prochaine génération de dirigeants s'inspire non pas de la rhétorique belliqueuse de Winston Churchill mais des paroles prononcées en temps de paix par Clement Attlee, chef de file du Parti travailliste et opposant de Churchill à la Chambre des communes, qui au sortir de la guerre remporta contre ce dernier une victoire électorale en raz-de-marée : « Cette guerre, nous l'avons gagnée grâce aux efforts de notre peuple tout entier, qui, à quelques rares exceptions près, a fait passer la nation avant tout, laissant loin derrière les intérêts privés et sectoriels [...] Pourquoi faudrait-il présumer que, pour atteindre nos objectifs en matière de paix — nourriture, vêtements, logements, éducation, loisirs, sécurité sociale et plein emploi pour tous — nous devrions faire passer au premier plan les intérêts privés ? »

Comme ne se lassent pas de le répéter les Américains, il se peut que l'intérêt privé joue un rôle central dans bien des domaines de nos vies. Mais tout comme l'Europe d'après-guerre, éreintée par la mort absolue, l'avait collectivement décidé, les services de santé devraient en être exceptés.

Quelque chose à faire

Quand on crée des choses, quand on est un « artiste », quel que soit le domaine, il arrive toujours un moment où quelqu'un demande — ou peut-être se demande-t-on soi-même — « pourquoi ». Pourquoi on agit, pourquoi on sculpte, pourquoi on peint, etc. Dans le monde littéraire, l'intérêt pour cette question semble ne jamais devoir s'émousser. À chaque génération, un nombre un peu trop important de gens se sentiront en veine d'écrire un essai assez invariablement intitulé « Pourquoi j'écris », ou « Pourquoi écrire », dans lequel on trouvera exposées un grand nombre de raisons et d'explications contournées et plus ou moins autoréférentielles. (Je n'ai moi-même pas manqué de contribuer à ce genre.) Seuls quelques-uns de ces essais valent vraiment la peine[1], et aucun d'entre eux (le

1. Mon préféré du moment est *What It Is I Think I'm Doing*

mien y compris) ne croit bon de mentionner la plus sûre des motivations que je connaisse, celle que je ressens au plus profond de moi-même et qui, en fin de compte — comme c'est le cas en ce moment — semble toucher au plus juste de la vérité pour beaucoup : *c'est quelque chose à faire.* Je me suis plus d'une fois trouvée devant un public ou face à mes étudiants avec cette réponse sur le bout de la langue, mais j'avais conscience que si je l'énonçais à haute voix, on prendrait cela pour une boutade, ou de la fausse humilité, ou peut-être ni plus ni moins qu'une ineptie… À présent, je me réjouis de retrouver cette expression des plus honnêtes dans la bouche de tout un chacun, tout à coup, et en réponse à presque toutes sortes de questions. Pourquoi avez-vous fait ce pain à la banane ? C'était juste quelque chose à faire. Pourquoi avez-vous construit un château fort dans votre salon ? Ma foi, c'était quelque chose à faire. Pourquoi déguiser le chien en chat ? Ça fait toujours quelque chose à faire, n'est-ce pas ? Ça remplit le temps.

Dans un laps de temps, on creuse une petite

Anyhow [« ce que c'est que cette chose que je pense être en train de faire » (N.d.T.)], de Toni Cade Bambara ; écrit en 1980, ce texte a pour qualité indéniable son titre sans foutaises et son contenu lui-même très peu abondant en foutaises. *(N.d.A.)*

niche — que personne d'ailleurs n'avait demandé que l'on creuse — et on y fait « quelque chose ». Mais ce qui différencie la sorte de chose à quoi je m'occupe d'ordinaire, et cette nouvelle culture du *quelque chose à faire,* c'est l'état d'anxiété morale qui l'environne. Ce « quelque chose » que les artistes font depuis toujours est le plus souvent isolé du reste de la société et, d'un commun accord, cet espace dédié est considéré comme une sorte de parc à jeux, charmant mais dans le fond inutile, où certains adultes ont le droit de se comporter comme des enfants — en inventant des histoires, en faisant des dessins, ainsi de suite — mais tout de même en procurant une certaine forme de plaisir à des gens autrement sérieux, qui s'occupent à faire de vrais métiers. Les défenseurs de l'art à l'esprit plus pragmatique justifient son existence en soulignant son potentiel d'efficacité politique, lequel s'avère généralement surestimé. (Les artistes eux-mêmes adorent le surestimer.) Mais quand bien même ils croiraient au potentiel d'efficacité politique de l'art — comme c'est mon cas — peu d'artistes oseraient parier sur son caractère opportun. Il faudrait qu'il fût délirant, le peintre qui, ayant achevé sa toile à deux heures, s'attendrait à une transformation radicale de la société dès quatre heures sonnées. Même quand ils écrivent un manifeste, les artistes sont (espérons-le) conscients du fait que leur ton péremptoire n'est, au fond, qu'emprunté, simple écho mimant l'impériosité des exigences d'une guérilla ou d'une clameur militante, plutôt que mise en œuvre réelle de celle-ci. Parfois les peuples exigent des changements. Presque jamais ils n'exigent de l'art. En conséquence de quoi, l'art entretient une relation douteuse avec la nécessité — et avec le temps lui-même. L'art est quelque chose à faire, oui, mais la question de savoir *quand* cette chose doit être faite, et si elle le devrait, est généralement considérée comme étant du seul ressort des artistes. On tente souvent de faire le lien entre le travail de l'artiste et celui des vrais travailleurs, mais ce lien me paraît toujours ténu, et la ligne de démarcation fondamentale entre les deux, infailliblement, c'est celle du temps. Les vrais travailleurs comptent leur travail à l'heure (et sont rétribués à l'heure aussi). L'art, ça prend du temps, et ça répartit le temps comme ça l'entend. Certes, c'est quelque chose à faire. Mais la crise sanitaire s'est emparée de ce clivage familier entre temps de l'art et temps du travail, et elle l'a transformé. Il y a maintenant des travailleurs essentiels — ceux qui n'ont pas besoin de se trouver quelque chose à faire, et dont la tâche est aussi vitale qu'ininterrompue — et il y a les autres, nous autres, qui nous retrouvons tous avec une certaine quantité de temps à disposition. (Sans compter la bombe à retardement économique qui, pour beaucoup, a explosé dans les toutes premières semaines — voire les tout premiers jours. L'une des potentialités politiques radicales de cette inédite et fort révélatrice quantité de temps « libre » disponible — nous sommes nombreux à l'avoir noté — est qu'elle génère une demande collective de réévaluation et de reconfiguration de la manière dont nous devrions, en tant que société, protéger les droits de ceux dont le travail n'existe que dans un temps présent, sans sécurité ni protection face à un avenir incertain dont la manifestation la plus évidente se trouve être le « congé maladie ».) Nous autres sommes soudain confrontés au problème sempiternel des artistes : le temps, et quoi faire pour l'occuper.

Ce qui me frappe d'emblée, c'est le sentiment conflictuel qui est le nôtre dans cette liberté et/ou cette captivité nouvelles. Comme les courtes pattes d'un carlin qu'on vient de repêcher d'une mare, nos petits membres continuent de mouliner, ainsi qu'ils le faisaient alors que nous nous pressions de nous rendre au travail. Savons-nous seulement nous arrêter ? Ceux ayant grandi dans la culture puritaine se disent qu'il y a « toujours du travail à faire », et voilà pourquoi nous faisons ce gâteau, ou lançons ce projet de jardinage, ou entamons les négociations avec l'autre écrivain de la maisonnée afin de répartir chaque jour équitablement ces quelques heures sans enfants durant lesquelles nous nous occuperons à travailler à « quelque chose ». Nous faisons du pain à la banane, nous cousons des robes, nous allons courir, nous terminons tous les niveaux de Minecraft, nous *faisons quelque chose,* puis nous photographions ce quelque chose, et il n'est pas rare que nous le publiions en ligne. Les réactions sont mitigées, y compris en notre for intérieur. Même en faisant ce quelque chose, nous ne cessons de nous blâmer nous-mêmes : *tu prends prétexte de cette situation dramatique pour travailler une fois de plus à t'améliorer toi-même, pour t'adonner une fois de plus à l'acte vain de la réalisation personnelle.* N'est-il pas vrai, cependant, que chacun de nous se voit peu à peu retrouver ce qu'il ou elle sait faire, même s'il ne s'agit que de savoir s'affliger de ce que nous avons perdu ? Toutes ces choses que nous avions déléguées.

Il pourrait sembler s'ensuivre que les écrivains — habitués qu'ils sont au vide du temps et à la solitude — seraient à même de supporter cette situation mieux que quiconque. Au lieu de cela, dès la première semaine, j'ai découvert à quel point ma vie d'avant consistait à me dérober à la vie. Face au problème d'une vie servie brute, sans distraction ni fioriture ni superstructure, je n'avais à peu près aucune idée de ce qu'il fallait faire. Dans mon parc à jeux, je me creusais d'ordinaire une niche de sens, en me fabriquant des privations artificielles *à l'intérieur du temps,* de celles que produisent habituellement les limitations réelles d'un véritable emploi. Comme « un endroit où il faut se rendre à neuf heures tous les matins », ou « un patron qui vous dit quoi faire ». En l'absence de ces éléments fixes, je m'inventais des choses difficiles à faire, ou dont il fallait que je m'abstienne. Toutes sortes de limitations artificielles. La course à pied, c'est ce que je connais. Écrire, c'est ce que je connais. Établir un programme et s'y plier : un jour pour enseigner, un jour pour lire, un jour pour écrire, et rebelote. Quelle idée triste, aride et réduite de la vie. Et terriblement mise à nue, maintenant que les gens que j'aime sont là dans la même pièce que moi, témoins de la manière dont je *fais mon temps* — ce à quoi je passe mon temps. À quoi je l'ai passé toute ma vie jusqu'ici.

Pour ce qui me concerne, le cliché est vrai : la seule façon de s'en sortir, c'est de traverser.

Vouloir préserver une « bulle à soi », à l'intérieur de la sphère domestique surpeuplée, c'est comme vouloir compulsivement attraper de l'air entre ses mains. On lui creuse sa niche, à ce temps qu'il nous faut, après moult anxiété et délibération, et quand on finit par entrer dans cet espace à soi, on regarde ses mains et que voit-on là — rien. Vaine victoire. Vers la fin du mois d'avril, dans un essai puissant de la romancière Ottessa Moshfegh, j'ai lu cette phrase à propos de l'amour : « Sans lui, vivre se réduit à *faire son temps.* » Par « amour », je ne crois pas qu'Ottessa Moshfegh entende uniquement l'amour romantique, ou l'amour parental, ou l'amour familial, ou un type d'amour en particulier. Je l'ai compris, pour ma part, au sens platonique : l'Amour avec un grand A, entité idéale et constituant essentiel de l'univers — comme la « Beauté » ou la couleur rouge — dont toutes les manifestations terrestres particulières tirent leur nature. Sans la présence de cet élément constituant, sous une forme ou une autre, quelque part dans nos vies, il ne nous reste vraiment que le temps, et du temps, il y en aura toujours trop. Aucun de nos affairements ne dissimulera cette absence. Même quand on travaille de chez soi absolument tous les jours — même quand on n'a jamais une minute à perdre — tout ce temps-là, sans amour, nous semblera vide et interminable.

J'écris parce que… ma foi, la meilleure raison que je puisse donner, c'est qu'il s'agit d'une bizarrerie de caractère que j'ai dû développer en réponse à certains travers personnels. Mais l'activité d'écrire ne saurait jamais suffire à donner du sens au temps qu'elle s'emploie à remplir. Il n'y a pas grande différence entre un roman et un pain à la banane. L'un et l'autre ne seront jamais que *quelque chose à faire.* L'un et l'autre ne sauraient se substituer à l'amour. Traverser les difficultés et les complications de l'amour — celles qui existent de l'autre côté de ce mur, à bonne distance de mon ordinateur portable — c'est cela, la tâche qui est mienne, même si le mot *tâche* est loin de convenir, car à la différence de l'activité d'écrire, les modalités de cette tâche ne peuvent être programmées, planifiées ou décidées par moi. L'amour n'est pas quelque chose à faire, mais quelque chose à éprouver, et quelque chose à traverser — c'est pourquoi, sans doute, il effraie un si grand nombre d'entre nous, et c'est pourquoi nous tendons à l'aborder de manière indirecte. Voici ce roman, écrit avec amour. Voici ce pain à la banane, fait avec amour. Sans cette approche indirecte, il n'y aurait aucune culture en ce monde, c'est certain, et bien peu de joie pour chacun d'entre nous. L'art le plus puissant, à ce qu'il me semble toutefois, *est* une épreuve et une traversée ; il est cet amour que l'œuvre d'art elle-même comprend, exprime, réalise, et de ce fait peut-être, il est plus fréquemment l'ouvrage de personnes qui se sentent complètement seules au monde — et donc entièrement concentrées sur la tâche à accomplir — que celui de personnes entourées d'« êtres chers ». Un tel art est chose rare : nous ne sommes pas tous capables de rester assis en tailleur comme des moines bouddhistes, à méditer jour et nuit sur des questions ultimes[1]. Moi, en tout cas, je n'en suis pas capable. Mais je sais aussi que je ne veux plus seulement *faire mon temps*, comme avant.

1. Il ne faut voir aucune légèreté ou fausse positivité dans cette idée de l'art comme expression de l'amour : même l'art le plus apparemment nihiliste ou antisentimental s'est toujours donné pour mission de transformer le temps en quelque chose d'autre que lui-même, *et* à s'employer à ce que cette chose soit vue ou éprouvée par d'autres — le public — et cela a, pour paraphraser Kafka, « une teneur d'espoir absolument inépuisable ». Si l'on considère les cas remarquables de Yukio Mishima et d'Édouard Levé, il n'est pas jusqu'à l'acte de suicide — le geste le plus absolu et définitif que nous ayons à notre disposition pour réfuter l'idée même de « faire quelque chose » — qui ne puisse être transformé en œuvre d'art. *(N.d.A.)*

Et cependant, chez moi, pas moyen de lâcher prise : les vieilles habitudes ont la vie dure. Je ne parviens pas à me débarrasser de ce besoin de faire « quelque chose », de fabriquer « quelque chose », de m'assurer que ce dernier laps de temps disponible n'est pas passé « en pure perte ». En même temps, il est bien agréable d'avoir de la compagnie. Devant cette manie soudaine du « quelque chose » à faire, à planter ou à fabriquer qui semble maintenant s'être emparée de tous, j'avoue que je me console de constater que je ne suis pas la seule personne sur terre à ne pas du tout savoir à quoi sert la vie, ou ce qu'il faut faire de tout ce temps qu'on a, à part le remplir.

Souffrir comme Mel Gibson

La souffrance est très exactement conçue pour s'ajuster différemment à chacun de nous, et, pour un peu, on dirait que les dieux de la comédie et de la tragédie y sont pour quelque chose. Telle personne célibataire, dans son appartement en ville, se dit : *je ne me suis jamais sentie aussi seule.* Telle personne en couple, dans sa maison de campagne avec partenaire et enfants, rêve d'un confinement à l'intérieur du confinement. Tous les artistes qui ont des enfants — et qui naguère révéraient la solitude comme le plus précieux des trésors — découvrent ce que c'est que de vivre précisément sans cette solitude ou ce temps pour soi. L'écrivain apprend à ne pas écrire. Le comédien à ne pas jouer. Le peintre à ne plus voir son atelier. Et ainsi de suite. Les artistes sans enfants se réjouissent, un temps, de tout ce temps libre qu'ils ont, jusqu'à ce que le temps lui-même commence à prendre figure accusatrice, à prendre figure de jugement, car le fait est qu'on peine à suffisamment remplir tout ce temps, sachant combien souffrent les autres. Et maintenant, plus *jamais* on ne pointe à la sortie du travail, pas plus qu'on ne peut noyer ses angoisses d'artiste dans la fête ou une conversation ou une séance de gym frénétique. Les hommes mariés se retrouvent face à l'infinie réalité de leurs épouses, qu'ils ne peuvent désormais plus échanger, ne serait-ce que mentalement, contre une inconnue marchant dans la rue. Son visage, son visage, son visage. Mon visage, mon visage, mon visage. Seul répit possible, deux visages se tournant dans la même direction, vers l'écran. Les jeunes amoureux pour la première fois s'interrogent sur l'amour. Cet amour est-il suffisant ? Peut-être faudrait-il ajouter un chien à cet interminable pas de deux ? Ou un autre genre d'être vivant ? Les jeunes gens ont soif de peaux inconnues — peu importe lesquelles. Les clubbeurs sont au lit à neuf heures. Les personnes âgées, entourées de famille sur plusieurs générations, rêvent justement de ce canapé vide qui, en d'autres lieux, en ce moment même, est la pire des tortures pour quelque bienheureux, désespéré, chanceux, solitaire, égoïste, enviable, nombriliste, privilégié, misérable étudiant. Les couples d'avocats spécialistes du divorce se font la guerre pour savoir qui travaillera quand. Les enfants dont les parents ont divorcé par l'entremise de ces mêmes avocats vont par les rues maintenant silencieuses des villes, conduits d'un confinement à l'autre et retour — une métaphore de la folie des rapports humains qu'ils ne sont pas près d'oublier. Le travailleur de nuit parent de trois enfants de moins de six ans ne distingue plus la frontière entre le jour et la nuit, ou entre une semaine et la suivante. Il n'y a plus que le travail. La mère célibataire se rend compte que les rôles d'enfant et d'adulte, dans ce petit espace partagé, se mêlent avec fluidité, avec plus de simplicité et de souplesse qu'ils ne l'auraient imaginé l'un ou l'autre. Le veuf entre dans un second veuvage. Le retraité dans un crépuscule précoce. Chacun découvre à quel point toutes ces questions sont insignifiantes à côté de ce qu'est « la vraie souffrance ».

Juste avant que cette crise mondiale ne se propage, nous étions pris dans une longue et complexe conversation culturelle à propos du « privilège ». Nous apprenions à être plus conscients de la nature relative des diverses formes de privilèges, et de leur situation à l'intersection des rapports de classe, de race, de sexe, etc. Aussi éclairante que cette conversation ait souvent été, il me semble qu'elle ne peut pas être appliquée maintenant, sans modification, à la souffrance. La tentation de superposer le premier discours au second est forte : le privilège et la souffrance ont beaucoup en commun. L'un et l'autre se manifestent sous la forme d'une bulle, contenant une personne et déformant sa vision des choses. Mais alors qu'il est possible de pénétrer dans la bulle du privilège, et même de la faire éclater, la bulle de la souffrance, elle, est imperméable. Le langage, la logique, l'argumentation, le raisonnement, et même le changement de perspective, ne font pas le poids. La souffrance touche directement son sujet et ne saurait être éradiquée par une argumentation juste, quand bien même celle-ci serait objectivement exacte.

Chacun de nous aurait une anecdote à raconter sur l'expérience du privilège, un de ces moments où nous prenons conscience que nous étions — ou quelqu'un d'autre que nous était — en train de considérer les choses à travers un voile de présupposition et/ou d'ignorance relative. Mon anecdote n'a rien d'extraordinaire, mais je l'aime bien. C'était il y a longtemps, quand mes enfants étaient encore tout petits, et je faisais la queue pour m'acheter un sandwich au Subway, avec mon fils collé à moi dans le porte-bébé. Devant moi, deux femmes — que j'ai supposé être, respectivement, une Africaine-Américaine et une Américaine d'ascendance sud-asiatique — étaient en grande conversation. Curieuse que je suis de la vie des autres, je prêtais l'oreille. Pour moi, il ne faisait aucun doute qu'elles étaient de milieu populaire, toutes deux dotées d'un solide sens de l'humour et d'un certain nombre d'opinions vigoureuses. Un vrai plaisir de les écouter. Et il se trouve qu'elles ont fini par aborder l'un de mes sujets de discussion préférés, à propos duquel j'aimais bien, à cette époque-là, monter sur mes grands chevaux : les nouvelles technologies et les enfants.

« J'en croyais pas mes yeux, disait la dame au teint foncé à la dame au teint brun clair. Je descendais la 8e Rue et là je vois cette femme blanche avec son enfant dans la poussette, qui ne devait pas avoir plus de neuf mois, et le petit était assis là, et dans ses mains je vois qu'il a un iPad ! » L'autre dame a ri, puis grommelé en levant les yeux au ciel : « Mon Dieu. Ces gens en tiennent une sacrée couche. » « Tu te rends compte !? » a repris la première, et il a fallu que je me retienne de toutes mes forces pour ne pas joindre ma voix à ce concert d'appréciations horrifiées de l'incompétence de ces parents riches, trop fainéants ou trop débordés pour s'occuper de leurs propres bébés, et qui mettent entre les mains de leurs nourrissons des objets high-tech aliénants et dangereux. Des bébés ! « Neuf cents dollars ! s'est écriée la dame au teint brun clair, d'un air de dégoût appuyé. Imagine-toi mettre un truc qui vaut *neuf cents dollars* entre les mains d'un bébé. » « Ces gens-là ont vraiment de l'argent à jeter par la fenêtre ! » a renchéri la première, et toutes deux de moquer, non sans accablement, tous ces abrutis de nantis de la 8ᵉ Rue.

Et l'abrutie de nantie qui se trouvait juste derrière elles, quelque peu honteuse, a baissé la tête. Puis elle a ri d'elle-même. Enfermée dans ma bulle de privilège, j'avais confondu un type d'argument éthique avec un autre. Cette expérience a été pour moi particulièrement revivifiante ; quelques années plus tôt seulement, je n'aurais pas commis une telle erreur. La classe sociale est une bulle, façonnée par le privilège, qui modèle et manipule notre conception de la réalité. Mais au moins on peut le porter à sa conscience ; le reconnaître, le comprendre, et même l'expier par un acte transformateur. Comparer sa situation de relatif privilège à celle des autres peut éventuellement permettre de modifier non seulement son propre petit monde mais aussi les mondes environnants — si on en a la volonté. La souffrance, ce n'est pas pareil. La souffrance n'est pas relative, elle est absolue. La souffrance a une relation absolue avec l'individu qui souffre — elle ne peut pas aisément être arbitrée par un tiers terme tel que le « privilège ». Si cela se pouvait, la fille du PDG d'entreprise ne s'affamerait pas, et l'idole de cinéma ne se mettrait pas une balle dans la tête. Au début de la crise, j'ai lu un article de presse à propos d'une jeune femme de dix-sept ans tout juste, qui s'est suicidée trois semaines après le début du confinement, parce qu'elle « ne pouvait plus sortir voir ses amis ». Elle n'était pas une infirmière, avec un équipement de protection personnelle inadéquat et un long trajet à faire tous les jours pour rejoindre un service débordant de gens terrifiés, et qui en chemin doit rassembler toutes ses forces pour affronter une journée de mort interminable. Mais sa souffrance, comme toutes les souffrances, était pour cette jeune femme un absolu, elle se plaquait à son corps et son esprit comme si elle avait été façonnée rien que pour elle, et elle était incapable de la surmonter, et elle en est morte.

À peu près au moment où je découvrais cet article, j'ai reçu un même qui m'a fait rire aux éclats : une photographie de Mel Gibson dans un fauteuil de réalisateur, s'adressant tranquillement à Jésus-Christ en personne. Jésus (assis lui aussi dans un fauteuil de réalisateur) l'écoute patiemment, dégoulinant de sang des pieds à la tête, sous sa couronne d'épines[1]. La légende dit : *Quand j'explique à mes amis parents d'enfants de moins de six ans ce que c'est que d'être confiné seul.* Une certaine règle de bienséance, lorsqu'on se retrouve face à un écran pixélisé affichant le visage d'une douzaine de personnes qui, toutes, demandent sans grand enthousiasme « comment ça va ? », imposerait d'affirmer comme il se doit, avec décence et rectitude, que l'on va bien, que l'on fait partie des privilégiés, que l'on peut s'estimer chanceux par rapport à tant d'autres, et certes on est bien embêté, souvent mélancolique, mais on ne souffre pas. On est Mel Gibson, mais pas le Christ. Et même le Christ, cloué là-haut à pisser le sang de partout, quand il peut jeter un coup d'œil autour de lui, se demande sans doute si ses souffrances, en fin de compte, ne sont pas relativement plus sympas que celles des voleurs et des mendiants cloués à sa

1. Je suppose que l'image est une photographie de plateau prise pendant le tournage de *La Passion du Christ*. *(N.d.A.)*

gauche et à sa droite, dont les souffrances ont longtemps précédé leur actuelle crucifixion et qui, eux, n'ont aucun espoir (contrairement au Christ) d'aucune amélioration de leur situation post-supplice-de-la-croix... Mais lorsque le mauvais jour de votre semaine finit par arriver — et il arrive toujours — et par là je veux dire ce moment particulier où vos souffrances, aussi minimes soient-elles au regard du tableau d'ensemble, se mettent à s'adresser absolument et uniquement à vous, comme si elles étaient précisément conçues pour *vous détruire vous et uniquement vous*, à ce moment-là il pourrait être salutaire de vous autoriser à admettre la réalité de cette souffrance, si ce n'est pour vous-même, du moins pour vous préparer à votre prochaine visioconférence, afin de ne pas lever les yeux au ciel ou rire ou vomir en écoutant ce qu'une autre personne semble penser être la douleur.

Captures d'écran
(*Après* Berger, avant le virus)

Un homme avec une force incroyable dans les mains

À mi-chemin entre le travail, l'école, la librairie *Three Lives* et le café, il y a un bar à ongles. Ça ressemble à n'importe quel bar à ongles, sauf pour la taille : c'est légèrement plus grand que la plupart des autres salons du genre. Étant donné le niveau des loyers pratiqués dans Lower Manhattan, j'imagine que c'est bon signe, signe que ce commerce se porte bien. Sa clientèle est avant tout constituée de mères de famille plutôt classe, bonnes manières, généralement discrètes. Elles posent leur iPhone en équilibre contre un flacon de vernis à ongles, ou bien elles feuillettent un *US Weekly* ou un *Vogue,* que les manucures leur installent sur les genoux, en tournant parfois les pages pour elles. La décoration est sans prétention. C'est tout blanc, propre et spacieux.

L'écran de télévision fixé au mur fonctionne avec les sous-titres, sans le son, et la musique qui passe à la place n'est pas gênante.

À cause du temps que cela demande, je n'ai jamais fait de pédicure. Et en vingt ans, j'ai dû faire cinq manucures tout au plus, essentiellement parce qu'il est impossible de lire un livre en même temps. Tout soin de beauté qui empêche de lire — ou qui requiert beaucoup plus que dix minutes de temps — est pour moi inacceptable, et donc j'y renonce, à l'exception des séances d'éradication des cheveux gris (pendant lesquelles il est possible de lire, et même d'écrire), et des séances d'épilation des sourcils, qui durent quatre minutes, et même là il m'arrive d'essayer de lire le *New Yorker* en le tenant plié au-dessus de ma tête, jusqu'à ce que l'esthéticienne exaspérée me le confisque d'un coup. Mon petit plaisir, c'est le massage. Comme la plupart des gens de ma génération qui passent leur vie penchés sur un ordinateur portable, j'ai la colonne vertébrale en vrac. Mais je n'aime pas qu'on me masse le corps entier. (Ça prend trop de temps, c'est onéreux, et on ne peut pas lire — quoique, j'ai déjà tenté le Kindle en équilibre instable entre mes mains, par le trou de la table de massage. Ça ne marche pas.) J'aime les massages sur chaise. Ils remplissent tous les critères. Ça ne dure pas plus d'une demi-heure, on peut lire tout du long — en déchirant le papier de soie qui masque le trou prévu pour le visage — et en plus c'est assez abordable. Un jour sur deux, en semaine, je me rends dans l'arrière-salle de ce bar à ongles. Et là je fais bon usage de mon temps — du moins si la raison d'être du temps est qu'on le remplisse continûment d'activités, sans jamais y *être* tout simplement, sans jamais admettre la fondamentale insoumission du temps aux idées que l'on se fait de lui. Je lis John Berger. Je corrige quelques travaux d'étudiants. Je relis un essai que je viens d'écrire. J'évalue combien de nouvelles de Tanizaki je peux caser en combien de périodes de vingt minutes, tout au long de la semaine. Je suis une « habituée » du lieu. Personne n'y connaît mon nom, mais j'y suis toujours accueillie avec une tendre familiarité, comme les poivrots de onze heures du matin à la *Taverne du Cheval Blanc* au bout de la rue. Je connais le nom du masseur. Il s'appelle Ben. Et lui m'appelle « Hey Madame ». Nous ne parlons pas beaucoup — pas du tout une fois que le massage a commencé. Mais parfois juste un peu, avant. Il dit presque toujours, d'un air de reproche, « Hey Madame toujours à lire. Jamais se détendre. Toujours à lire. » Sa tête et son visage sont de véritables ouvrages d'optimisme. Il a *la tête de l'optimisme.* Son crâne et son visage sont d'une rondeur idéale, il est toujours souriant, et chez lui la calvitie semble un exploit, une prouesse à perfectionner. Sa peau a la couleur des pages des vieux livres de poche. J'ai supposé qu'il était chinois, sans même lui poser la question, alors que lui, plus direct, m'a tout de suite demandé d'où « venaient » mes cheveux. J'ai répondu « Jamaïque et Angleterre — via l'Afrique », et il a dit « Ho ho ho ! Intéressant mélange ! » C'est à ce moment-là que j'aurais dû m'enquérir des origines de ses expressions phénotypiques distinctives, mais je ne l'ai pas fait d'emblée, et après cela il était trop tard pour poser la question. Peut-être que dans sa tête c'est pareil, pour mon nom. Il a une force incroyable dans les mains. Il saisit chaque nœud de la colonne vertébrale et travaille autour, à libérer quelque chose (mais quoi ?), et l'effet de cette manipulation dure environ quarante-huit heures, avant que ce qui s'était libéré ne revienne se souder de nouveau à la douleur, et qu'à nouveau je réapparaisse au pas de sa porte, avec des papiers ou un livre à la main, et quelques stylos, et des post-it : « Hey Madame. La revoilà. Toujours à lire. Jamais se détendre… »

Nous avons deux sujets de conversation immuables : la météo et les « jours de congé » des écoles. Les deux sujets sont liés. Un excès de neige peut entraîner la fermeture d'une école, et d'ailleurs c'est souvent le cas — trop souvent d'après lui et moi. Nous avons également le sentiment que trop de gens pratiquent trop de religions dont les jours de célébration nous obligent à faire des pieds et des mains pour trouver des solutions de garde. Nous n'avons rien contre Dieu, c'est juste que nous ne savons pas comment faire pour mardi prochain. À propos de mardi prochain et comment faire pour la garde, nous disons toujours « mon garçon » ou « votre garçon », même si je suis certaine d'avoir déjà dit à Ben que j'avais aussi une fille. Par facilité, nous nous sommes installés dans ce schéma de symétrie. Ce n'est pas le seul semblant de symétrie de notre relation. Quand l'école du fils de Ben ferme une journée, il s'agit vraiment pour lui d'une urgence ; dans mon cas, il ne s'agit que d'un contretemps. Je sais que Ben sait cela, mais du fait de son optimisme courtois, de ce désir de maintenir un semblant de symétrie que je crois lire en lui, il m'autorise à prendre place à ses côtés dans cette plainte, en faisant comme si mon mari ou moi ne pouvions pas sans conséquences désastreuses travailler à la maison ou perdre une journée de travail. Comme si le fait de ne pas pouvoir écrire le temps d'une journée avait vraiment pour moi un impact sur le plan économique, personnel, existentiel, pratique, ou autre.

Combien de soins de beauté faut-il que ces quinze femmes en blouse blanche, et Ben, administrent chaque jour de la semaine (de dix heures à vingt et une heures du lundi au vendredi ; de dix heures à dix-neuf heures trente le dimanche) pour payer le loyer de ce local de trois pièces ? Jusqu'à quel montant s'élèvent les loyers de la Sixième Avenue, au-delà de la 14e Rue ? Assez haut pour que l'ancien *Barnes & Noble* soit resté fermé depuis dix ans que j'habite ici. Assez haut pour qu'il soit difficile d'imaginer qu'une affaire telle que ce bar à ongles puisse survivre ne serait-ce qu'une semaine sans fonctionner tous les jours à flux continu. Assez haut pour que, passant devant ce salon de beauté même rempli aux deux tiers (en prenant toujours garde de traverser la rue avant, pour longer plutôt le trottoir d'en face), il m'arrive d'apercevoir Ben posté près d'un sèche-mains, scrutant la rue d'un air préoccupé — sur son visage la caricature d'optimisme que je croyais lui connaître est devenue un masque sévère de calculs prévisionnels et d'inquiétude, à la fois mercantile et terriblement humain. Il est éclairé par-derrière comme un del Piombo, et porte de toute évidence le poids de responsabilités bien plus nombreuses que, simplement, « son garçon ». Responsable, plutôt, de ces quinze soutiens de familles en pantalon blanc derrière lui — et Dieu sait combien d'autres personnes encore. Ben, debout là, guettant le chaland, espérant la cliente occasionnelle — se demandant où je suis, peut-être.

Un personnage en fauteuil roulant dans le vestibule

Nous sommes sur le départ et on m'a envoyée chercher au distributeur une certaine quantité d'argent liquide, à garder toujours sous la main. Je me suis munie d'une grande enveloppe en papier kraft. Comme c'est le tout début, je ne porte pas encore de masque, mais je tire sur ma manche pour couvrir ma main avant d'appuyer sur le bouton de l'ascenseur, et je me sens comme détachée de mon propre corps. Dans le hall d'entrée, il y a déjà pas mal de valises ; dehors, quatre coffres de voiture sont en plein chargement. La plupart de nos collègues universitaires, tout comme nous, viennent d'ailleurs, et il se peut que cet ailleurs soit leur destination. Depuis l'enfance, ma seule pensée ou vision de l'apocalypse, du désastre, ou de la guerre, a toujours été que je ne suis personnellement dotée d'aucun « instinct de survie », ni même d'aucun désir de survivre, surtout si ce qui se trouve à l'autre bout de la survie n'est que moi. Un livre comme *La Route* m'est aussi incompréhensible que le serait la lecture d'une série de mythes scandinaves en vieux norrois. Le suicide serait là, à me tendre silencieusement la main, dès le premier jour — que dis-je, dès la première heure. Et pas le suicide courageux par auto-annihilation, simplement cette mort passive qui survient quand on reste planqué sous le lit alors qu'on les entend monter les escaliers, ou quand on s'allonge dans le champ de maïs alors qu'on voit arriver droit sur soi l'avion mitrailleur. En revanche, j'ai l'instinct du retour aux sources, et j'ai donc fait en sorte, à ma toute passive manière, qu'un plan s'élabore : accepter la proposition que nous ont faite nos amis d'aller habiter un temps dans leur petit cottage de Kerhonkson, puis essayer de rentrer chez nous, à Londres, avant qu'il ne devienne impossible de prendre l'avion. « La dernière New-Yorkaise désignée » — cette belle et intrépide invention de Fran Lebowitz que, toujours prise dans mes limbes, au fond du jardin de Jackie et Jay, j'allais découvrir des semaines plus tard[1] — ne serait pas moi.

1. « Fran Lebowitz Is Never Leaving New York », entretien, *The New Yorker*, 9 avril 2020.

J'arrive au coin de Broadway et trouve l'avenue désertée — chose nouvelle pour moi à ce stade-là, car nous ne la voyons pas du tout de notre perchoir du onzième étage. Au-delà de son vestibule, la banque est plongée dans l'obscurité, et seuls les distributeurs automatiques restent accessibles. Mais il y a de l'animation dans les lieux, parce que c'est ici que vit Myron, qui est un personnage dans une de mes nouvelles les plus récentes, intitulée « Paroles et Musique ». Cela faisait déjà un moment que je ne l'avais pas revu, Myron, avant d'écrire cette nouvelle, aussi suis-je bien heureuse de le voir en vie, donnant de sa belle voix, tant il est juste de supposer qu'un être humain dans sa situation — sans abri, et privé de ses jambes — doit mener une lutte existentielle tous les jours de sa vie. Je ne salue pas Myron, d'abord parce qu'il parle au téléphone, et parce que le temps de nos jeux fictionnels semble bien révolu, et puis parce que son nom n'est pas réellement Myron. Il n'a jamais été non plus, autant que je sache, particulièrement fan de disco — c'est un trait de caractère que je me suis autorisée à lui conférer dans sa vie de personnage de fiction. En vérité je ne sais rien de ses goûts musicaux. Mais je me souviens, un jour que mon tour était venu de le pousser dans son fauteuil pour remonter

Broadway, qu'en m'entendant fredonner un air de Stevie Wonder, il a joint sa voix à la mienne. Et je sais aussi qu'il est adepte des théories du complot, que pour ma part je n'ai jamais considérées comme étant autre chose qu'une tentative de rationalisation des réalités américaines contemporaines. À présent il hurle et s'esclaffe dans son téléphone portable, reprenant une rengaine familière que je l'ai déjà entendu seriner en d'autres circonstances.

Regarde-les qui se carapatent comme des rats sur un bateau qui prend l'eau… et qu'est-ce qu'ils fuient comme ça ? UN RHUME *? Ces gens sont fous. Bon sang mais lavez-vous les mains ! C'est pas compliqué. Y se comportent comme si c'était la* FIN DU MONDE. *Ces gens me font rire. Tu me vois, moi, courir ? J'ai pas peur de cette merde, moi ! Moi, avoir peur d'une grippe ? Dans quel monde ? Non non non non, moi je reste où je suis. Ici c'est chez moi, c'est ma ville, c'est pas cette merde qui va me faire partir. Ces gens me font trop marrer. Y regardent les infos et y gobent chaque foutu mot qu'ils entendent, comme des bébés incapables de penser par eux-mêmes. Non non non, moi je ne m'enfuis pas pour un petit rhume. J'ai survécu à pire. J'ai survécu à des trucs* BIEN *pires que ça.*

Une femme et son petit chien

Ce qui est drôle avec Barbara, c'est qu'elle a un petit chien qui, elle en est convaincue, est tout à fait bien éduqué, mais qui, en réalité, aboie ou essaie de mordre à peu près tous ceux qui s'approchent de lui — à l'exception de Barbara. Il arrive que les nouveaux résidents de l'immeuble — étudiants diplômés, pièces rapportées — croient Barbara et se baissent pour caresser le toutou, mais nous qui occupons les lieux depuis longtemps, nous nous contentons de parler à Barbara, en nous tenant à bonne distance de Beck. Barbara vit seule, elle approche les soixante-dix ans, sans doute, et elle fume comme je le faisais naguère : avec délectation, et une satisfaction évidente. Peut-être à cause de toutes ces cigarettes, elle est très mince et souvent paraît un peu frêle. Au cours des dix dernières années, son corps gracieux et longiligne s'est légèrement voûté, et parfois elle utilise un déambulateur. Ces temps-ci, elle a tendance à pencher vers la droite, comme un saule, et ses cheveux raides qui se balancent comme ceux d'une jeune femme — et me font toujours penser que Barbara autrefois était peut-être danseuse — penchent aussi de côté, désormais, comme ramenés tout le temps sur une épaule. En vraie New-Yorkaise qu'elle est, Barbara n'a pas vieilli comme sont censées traditionnellement vieillir les femmes, c'est-à-dire en se faisant d'une manière ou d'une autre moins visible ou plus silencieuse, en étant moins assurée dans son allure, moins au courant des dernières créations de la Brooklyn Academy of Music ou du Joyce Theater, ou de la toute nouvelle comédie musicale dégoulinante et surmédiatisée de Broadway… Et si on lui demande d'un ton de sollicitude « ce qu'elle fait pour Noël » — parce qu'on veut se poser en voisine formidable et peut-être lui apporter une tourte, ou, plus réaliste, parce qu'on a l'intention de pousser un soupir de commisération après qu'elle aura répondu « rien » — on apprendra sans doute qu'elle vient de se réserver un séjour en randonnée solitaire dans les Catskills, ou qu'elle a prévu de retrouver ses camarades du cercle féministe militant, pour discuter des écrits d'Anaïs Nin. Elle a un accent new-yorkais à couper au couteau, dont je ne saurais pas identifier précisément le quartier et la décennie d'origine, sauf à dire que peu d'autres habitants de Manhattan semblent encore conserver cet accent de nos jours.

Je m'imaginais que le petit chien de Barbara, tout comme le nôtre, serait immortel — qu'il serait le dernier New-Yorkais désigné — mais il se trouve qu'il est mort, aussitôt remplacé par un chien identique aux façons tout aussi déplorables, et Barbara a continué ses lentes promenades tabagiques dans le quartier, et nous avons continué de la croiser. Quelquefois, si l'un de mes articles est paru dans une revue ce jour-là, ou si l'un de mes livres vient de sortir, elle m'interpelle à grands cris alors qu'on est à deux mètres de distance, et me cite un petit détail improbable tiré d'un passage qui l'a marquée, sans autre forme de commentaire, qu'il fût élogieux ou non. Par exemple, je reviens de chez Morton Williams[1] en traînant mes sacs de courses et tout à coup j'entends : « Ah ça, Myron, il aime son

1. *Morton Williams Supermarket* est une petite chaîne familiale de magasins d'alimentation, en activité depuis 1946, à New York.

disco ! Ouais, j'ai bien vu. Moi et mes copines on l'a lue celle-là. Ça va vous passez une bonne journée ? Paraît qu'il va pleuvoir, tout à l'heure. »

Il existe un genre de New-Yorkaise idéale qui, quoique bénéficiaire d'un logement à loyer plafonné, semble ne jamais s'apitoyer sur son sort, et sait exactement combien de temps il faut passer à parler avec une autre personne quand on la croise dans la rue, et sait créer avec cette personne le sentiment d'une communauté sans pour autant en sentimentaliser l'idée — et sans jamais prononcer le mot « communauté ». Qui ramasse toujours les crottes de son chien, même si se baisser pour le faire lui coûte chaque fois douloureusement. Une New-Yorkaise dont le petit déjeuner quotidien consiste en une cigarette et un croissant qu'elle achète au café français du coin, et qui pour satisfaire aux besoins de son nouveau compagnon de promenade a pris l'habitude de manger et fumer devant le salon de coiffure, installée sur un banc destiné en principe à la clientèle de ce dernier. Mais cela ne dérange personne, c'est quand même de Barbara et Beck qu'on parle là, et tout le monde dans le quartier les connaît bien, eux et leurs petites habitudes. Et c'est sur ce banc qu'elle était assise ce dernier jour avant notre départ — au moment où je suis passée avec mon petit chien ; ultime chance pour Maud de se soulager avant qu'on ne la case avec les valises dans la voiture de location — et je m'attendais à ce qu'une fois de plus Barbara m'aboie l'une de ses déclarations déconcertantes sur le temps qu'il fait ou un fragment de texte, ou sur le tout dernier outrage commis par le président d'un pays auquel sa propre ville, à l'écouter, n'appartenait qu'en théorie. Déjà New York me manquait, et il me tardait d'entendre tout ça. Au lieu de quoi, elle inhala une longue bouffée de cigarette et me souffla, de la voix la plus basse que je lui aie jamais entendue : « Ce qui est certain, c'est qu'on est une communauté. Et qu'on se soutient les uns les autres. Vous serez là pour moi, je serai là pour vous, nous serons tous là les uns pour les autres — tous les habitants de l'immeuble. Y a pas de raison d'avoir peur — on va s'en sortir, tous ensemble. »

« Oui, on va s'en sortir », murmurai-je d'une voix à peine audible, y compris à mes oreilles, et je poursuivis mon chemin, passant à deux mètres du banc comme il se doit, sans trop savoir s'il s'agissait de me conformer aux nouvelles règles de distanciation, ou d'éviter que Beck ne vienne me mordre à un endroit vulnérable.

Un jeune homme qui plane

On a l'air d'être de la même famille — comme des cousins. Des cousins transatlantiques. Lui très américain : hyper-enthousiaste, un peu gauche, sans cesse à me souhaiter une bonne journée. Il se présente lui-même comme étant « l'Informaticien » : il travaille à la bibliothèque de l'université, et même si je n'ai jamais eu recours à son aide en informatique (je n'ai jamais eu à le demander), il aime bien me faire savoir qu'il se tient à mon entière disposition, à tout moment, oui, vraiment à tout moment. Une fois, dans les tout premiers jours de mon arrivée à New York, alors que je me promenais dans le quartier de Chelsea, je suis passée devant une vraie boutique de confection de tee-shirts personnalisés. Revenant sur mes pas, je suis entrée dans la boutique et, quinze minutes plus tard, j'en suis ressortie avec un haut en jersey, en deux tons de marron, avec l'inscription BLACK NERD[1] en gros caractères sur la poitrine. Et c'est exactement l'expression qui me vient à l'esprit chaque fois que Cy l'Informaticien vient m'accoster (généralement par-derrière) quand je traverse le jardin public, avec son énergie sans pareille, ses yeux légèrement exophtalmiques et doux, et son afro imprévisible aux frisures irrégulières, tellement semblable au mien. La dernière fois que je l'ai vu, il était sur un hoverboard. Il est apparu tout à trac, s'adressant à moi de ce ton galopant bien à lui, sans plus de préambule dans le déploiement de sa parole que dans la manifestation de sa présence physique. Si je n'avais pas regardé à ses pieds, j'aurais pu croire qu'il lévitait à côté de moi, comme une sorte de démon du XXIe siècle, ou bien un agent de surveillance, dépêché par le QG central de l'Université de New York pour me prendre en filature pendant ma petite promenade.

Je le répète sans arrêt à mes étudiants : « Le style est un moyen d'insister sur quelque chose. » C'est une citation de Sontag. Chaque semestre je répète ça, et chaque année le sens de cette phrase s'étend et s'approfondit dans mon esprit, proliférant et se multipliant comme un

1. « INTELLO NOIR·E »

virus, jusqu'à englober non seulement l'esthétique littéraire et le cinéma de Leni Riefenstahl, mais aussi les chambres à coucher, les jardins, le maquillage, les lunettes, les angles de prise de vue photographique, les danses, les façons de marcher, les gestes, les positions sexuelles, les coupes de cheveux, les coques d'iPhone, les robinets de salle de bains, les polices typographiques, les commandes au bar, les chiens, les gens, et bien d'autres choses encore — mais surtout les gens. Ensuite le semestre se termine, et pendant un temps j'oublie tout cela. Le monde cesse d'être aussi insistant. Mais le jour où j'ai croisé Cy sur son hoverboard, on était en plein milieu du semestre, et à l'instant où il se matérialisait à côté de moi, sa vibration, son énergie, son aura — quel que soit le mot que l'on attache habituellement à l'affect suscité par un être humain — tout ça m'est apparu chez lui comme une façon d'insister sur quelque chose, une manière de se mouvoir dans le monde qui n'appartenait qu'à Cy, à Cy et à personne d'autre, et que ce jour-là j'ai pu voir avec une clarté toute particulière, parce que précisément je le connaissais à peine. Tout comme, découvrant pour la première fois La Perdera de Barcelone, cet édifice m'a davantage marquée en tant que système de croyances qu'en tant que bâtiment, tant mon ignorance de Gaudí était complète. Quand on regarde des objets familiers, des êtres familiers, le style s'estompe, ou il devient totalement invisible. (Sontag fait la même remarque à propos du « réalisme ».) Mais en fait, *tout a un style* — et en quantité égale, même si nous valorisons ou interprétons différemment chaque itération de style.

Le style de Cy, c'était l'exubérance de la jeunesse, c'était une sorte de joie vertigineuse si irrépressible qu'un scientifique, forcément, a dû l'identifier sur un spectre quelconque. Cela avait quelque chose à voir avec ces gamins de ma génération qui démontaient leurs joysticks Atari pour comprendre comment ça fonctionne, ou qui plus tard ne se souviennent pas d'avoir connu plus grande joie, au cinéma, que ce moment où Marty McFly plane au-dessus d'un plan d'eau municipal sur son skateboard volant rose, et, certes, structurellement, le style de Cy n'était probablement pas dramatiquement éloigné de celui du personnage de Carlton dans sa danse idiote du *Prince de Bel Air*... Mais c'était plus épuré que tout cela, parce que ces manifestations secondaires ne peuvent qu'enregistrer, refléter et tenter d'attirer à elles une énergie qui, de fait, leur préexiste — une énergie qui, précisément, est ce style de Cy que j'essaie de vous décrire. Ce que je vois, c'est que ce style relie Cy à beaucoup d'autres êtres détenteurs de styles similaires au sien (cet air de famille est ce qui, je l'espère, vous permet d'imaginer Cy tandis que je le décris maintenant) et cependant — telle que je l'ai expérimentée ce jour-là dans le parc — cette forme particulière d'insistance de Cy était unique. Le style de Cy. Chose précieuse.

Il est aisé de mépriser les institutions, de se sentir irrité ou contraint par elles — c'est souvent mon cas, même si j'incline vers une forme d'existence ordonnée — mais devant le style de Cy, je me suis sentie heureuse de le savoir un tant soit peu relié à une institution, tel un ballon rouge coincé dans un arbre, plutôt que flottant à travers la ville impitoyable, pour finir tout dégonflé dans le service informatique d'une banque ou d'une agence de publicité ou ce genre d'endroit. Souvent j'apercevais Cy (sans que lui me voie) depuis mon box — allant et venant d'un pas bondissant à travers la bibliothèque, en quête d'un problème informatique à résoudre — et je me disais que l'institution était, à bien des égards, un drôle de contenant pour nous deux. Ce que nous pouvions espérer de mieux, c'était que l'université agisse comme une superstructure, comme un édifice de Gaudí, soutenant et s'accommodant de nos drôles de formes et de styles, et que cette couverture institutionnelle s'emploie à faire croire aux gens que nous sommes des sortes d'entités utilitaires — valant donc la peine d'être conservées — plutôt que des manifestations particulières de l'esprit, apparemment dépêchées sur terre pour créer des liens entre les choses et rendre ces liens fluides, visibles et/ou utilisables pour les autres…

Si nous sommes cousins, alors nous ne le sommes qu'au deuxième ou troisième degré. Les enseignants peuvent être titularisés. Pas les informaticiens. Le style des jeunes, si enviable soit-il, ne les protège guère des catastrophes. Et la promesse infinie de jeunesse américaine — cette promesse fabriquée par le cinéma, la publicité et les brochures des universités — n'est qu'un mensonge creux, et depuis tellement longtemps que mes étudiants aujourd'hui en plaisantent avec une forme d'humour noir qu'on imaginerait plus spontanément chez des vieillards et des vétérans de guerre. Bien avant cette crise déjà, ils vivaient avec peu d'espoir d'obtenir un quelconque soutien institutionnel ou social, faisant face à bien des périls à venir, à une dette insoutenable, à la peur. Quand, pendant les cours, ils affirment avec insistance leur style personnel, et que bien trop facilement l'on s'en agace — provoquant l'inévitable friction générationnelle — il faut se rappeler ceci : tout ce qu'ils ont, c'est leur style. Ils insistent, dans le vide, sur leur existence. Une femme d'une quarantaine d'années a vécu assez longtemps pour voir ses rêves d'enfance — les hoverboards ! — apparaître dans les rues. Elle a vécu assez longtemps pour voir tout le système de protection sociale de son enfance, qui à ses yeux n'était pas un rêve mais une banale réalité — couverture médicale universelle, gratuité des études universitaires, logements sociaux décents[1] — réduit à des idéaux révolutionnaires, et aux États-Unis d'Amérique (à droite continûment, mais assez fréquemment aussi à gauche) à un symbole du gauchisme radical. Comme nos rêves sont devenus modestes. Le jeune homme d'une vingtaine d'années, lui, est encore au pic de la saison des rêves : c'est un temps palpitant, et c'est un temps de précarité, même dans les meilleurs moments. Ce devrait être une saison des possibles — économiques, amoureux, technologiques, existentiels — *tous* les possibles. Oui, parmi l'ensemble des variables à prendre en considération, l'âge en est une qui ne peut être isolée. Le style de Cy — le style de tous les jeunes — maintenant radicalement interrompu.

1. Toutes choses imparfaitement mises en œuvre dans son propre pays — alors qu'ailleurs en Europe elles étaient plus rigoureusement développées. *(N.d.A.)*

Une Aînée à l'arrêt du bus 98

C'est bien toi, Sadie ? Tu ne te souviens pas de moi, hein ? Je suis la maman de ________. Je ne pense pas qu'elle était dans ta classe, en fait... Je connais ta mère, par contre ! Je t'ai connue quand tu étais toute bébé. Je l'ai croisée y a pas si longtemps, ta mère, elle avait l'air d'aller. Elle m'a pas dit que t'étais rentrée. Ouais, on s'en sort pas trop mal. Toujours à Stonebridge, oui, toujours à Ends...

Je venais de descendre à mon arrêt de bus et je rentrais chez moi, mais si quelqu'un m'interpelle comme ça par mon prénom, par mon *vrai* prénom, alors je prête une oreille très attentive. J'adresse à la personne qui me parle l'attention que l'on doit à une Tata, à une Aînée. Et là j'avais devant moi une Tata dans toute sa splendeur : poitrine plantureuse dans un tee-shirt à col en V qu'elle avait elle-même retaillé aux ciseaux (afin d'en approfondir drastiquement le décolleté), bien moulée dans une paire de jeans bleu indigo aux incrustations de strass. « Épousant toutes les courbes », comme on dit. Tout le revers de sa physionomie évoquait la vigueur et la jeunesse, mais les coordonnées de généalogie du quartier qu'elle me transmettait — la cousine d'untel qui à telle époque connaissait la petite amie du frère d'untel — m'indiquaient clairement son rang d'Aînée, même si elle était très loin d'en avoir l'air. J'ai fait glisser mon sac à dos à terre et me suis assise sur les dix centimètres de plastique qui ont remplacé il y a longtemps déjà les robustes bancs des arrêts de bus de mon enfance. Et je me suis préparée à accueillir ce qui allait m'arriver. Un vrai cadeau :

Tu sais où je vais, là ? Chez le docteur. Et tu sais pourquoi ? C'est cette foutue ménopause.

J'ai voulu compatir, mais il s'est avéré que j'avais tout faux :

Naan, j'y vais pour EXIGER *qu'on me la fasse venir ! J'ai cinquante-huit ans ! Qu'est-ce que je fais encore avec des règles ? Ça peut plus durer, cette affaire ! Tu sais à quel âge ma pauvre maman a eu sa ménopause ? À soixante-trois ans. Et autant dire qu'à l'époque à Clarendon elle avait personne pour lui arranger ça… Il a fallu qu'elle fasse avec. Mais pas moi, moi j'en ai ma claque. Je vais rentrer dans ce cabinet et je vais* EXIGER *qu'on me fasse venir cette ménopause, et tout de suite en plus, parce que franchement à ce stade c'est carrément ridicule. J'ai qu'une seule peur c'est de devenir une de ces mamans miracles qu'on voit aux infos, là ! Naan, là je te charrie... mais sérieusement : trop, c'est trop... Je veux ma ménopause* AUJOURD'HUI. *Tu diras bonjour à ta mère de ma part, d'accord ? Voilà mon bus — tu montes pas ? Ah, d'accord. Je vais vers Cricklewood, moi. J'étais bien contente de te voir. Bon ben voilà... Souhaite-moi bonne chance !*

Ce n'est pas tous les jours qu'on croise une déesse de la fertilité à l'arrêt du bus 98, alors elle est restée gravée dans mon esprit, comme le symbole d'une sorte de fécondité incontrôlée et incontrôlable, une abondance naturelle, que dans mon esprit j'associe un peu honteusement à la Jamaïque, je suppose, avec sa population, sa diaspora, ses bougainvilliers, ses collines, ses ravins, sa musique, ses histoires. Question typique que peuvent se poser les secondes générations : comment toute cette abondance d'avant a-t-elle réussi à tenir dans ce nouvel habitat ? Dans ces pièces exiguës de cités HLM grisâtres, ces appartements, ces grandes avenues sans aucune fleur, ces bus étroits et grondants. Quand on est enfant, on regarde sa mère emmitouflée dans ses gants et son foulard, frissonnant sur l'impériale du bus, et on essaye de l'imaginer dans son incarnation d'avant : nu-pieds dans un impeccable uniforme jaune et marron, marchant vers son école qui tient tout entière dans une seule salle de classe — mais pas trop vite, parce qu'il fait chaud — et s'arrêtant de temps en temps pour humer le parfum d'énormes fleurs violettes sur le chemin. C'était absurde et impossible. Et pourtant c'était vrai. Le confinement est une chose terrible en toute circonstance, mais combien doit-il être encore plus frustrant lorsque demeure, quelque part dans la mémoire — quand bien même il ne s'agirait que d'une mémoire épigénétique — le souvenir de grands espaces, désormais complètement hors d'atteinte.

Lorsque le confinement est arrivé en Angleterre, j'ai repensé à cette déesse de la fertilité de l'arrêt du bus 98, et au petit appartement de la cité de Stonebridge (celle que les journaux anglais désignent couramment du nom de « tristement célèbre cité de Stonebridge ») qui la contenait maintenant encore plus étroitement que d'habitude. Et bien sûr j'ai repensé aussi à la maisonnette de Willesden, plus spacieuse, qui contenait ma mère. Là débute entre ma mère et moi l'étrange rituel des raconteries par vidéoconférence, où l'on déroule simultanément le fil de deux ou trois récits différents — tous les deux ou trois jours on se met au courant des dernières nouvelles — tout en fixant à l'écran son propre visage, nouvelle avancée surréaliste dans la technologie des conversations humaines, qui conduit à adapter consciemment ses réactions émotionnelles à l'idée que l'on se fait de leur apparence esthétique.

Voici les trois récits de ma mère :

1. La situation des équipements de protection personnelle sur son lieu de travail, qui se trouvait être, à ce moment-là, un service de prise en charge des mères schizophrènes. (La situation était qu'il n'y avait pas du tout d'équipement de protection personnelle.)

2. Les dernières nouvelles du reste de la famille, et

3. L'état d'amélioration de sa moitié du jardin, qui se portait splendidement.

Pensées, clématites et magnolias s'y déployaient en abondance vive. *Fleurissime,* comme elle dit. Et comme ça pendant quelques semaines — toujours pas d'équipement de protection personnelle, jusqu'ici tout le monde va bien dans la famille, le jardin toujours plus abondant et fleurissime — jusqu'à ce jour où j'ai demandé des nouvelles de mon petit frère, et là ma mère s'est mise à dérouler l'une de ces interminables et confuses chaînes de généalogies de quartier, exactement comme la déesse de la fertilité l'avait fait six mois plus tôt, à propos d'untel-ou-unetelle qui connaît oh-mais-tu-sais-bien-c'est-quoi-son-nom-déjà, qui est la cousine de celui qui —

— *et bon, en tout cas ton frère la connaissait, elle était dans sa classe, et figure-toi que son petit ami l'a tuée hier soir, dans l'appartement où elle vivait à Stonebridge, la pauvre pauvre petite — quoi ? Non, non, non, cette fille était JEUNE — elle était dans la classe de Luke, je te dis, tu ne m'écoutes pas, tu n'écoutes jamais comme il faut. De toute façon on dirait que ce confinement rend les gens fous, enfin bon, je ne sais pas… C'est tellement triste. Et ensuite il a mis le feu à l'appartement et ça a brûlé toute la nuit.*

Une provocation dans le parc

Il portait une pancarte. Tous les jours dans le parc il y a des gens qui portent des pancartes. Parfois elles annoncent : CÂLINS GRATUITS. (N.B. aux jolies routardes suédoises : ça n'a rien de gratuit.) Parfois elles proposent un service : un tarot divinatoire, un poème personnalisé, ou une discussion sur la Palestine, comme dans : POSEZ-MOI UNE QUESTION SUR LA PALESTINE. (Ne lui posez pas de question sur la Palestine.) Il arrive qu'elles évoquent des questionnements existentiels : LA RICHESSE EST-ELLE LA CLÉ DU BONHEUR ? Ou bien : EXISTE-T-IL UNE AUTRE VOIE ? Quand il s'agit de questions existentielles, la tentation est grande de s'approcher et d'engager la conversation avec la pancarte et son porteur. Mais la promeneuse avisée qui, traversant le parc, veut éviter de perdre quelques heures de sa journée, réprime sa curiosité et choisit de faire un détour, sans s'arrêter devant ces questions brûlantes, pour gagner l'une des sorties dénuées de pancarte et de philosophie qui se trouve à l'autre bout du parc Washington Square. Parfois, les pancartes tiennent lieu de carte professionnelle : cette personne travaille avec du sable, ou des bulles ; ces quatre personnes forment un quartet de jazz ; là c'est le pianiste. Parfois elles sont fabriquées en série et affichent juste une flèche indiquant, dans telle ou telle direction, un endroit où trouver des dim sum ou faire des photocopies bon marché.

Je ne regarde plus aussi souvent qu'avant les pancartes du parc, elles me sont trop familières pour que j'y prête attention, comme les rats qu'on voit sortir en masse grouillante des poubelles de rue à la minute où le soleil se couche. Mais je dois admettre que, là, le type a réussi à capter mon attention. Il était asiatique, sa pancarte était gigantesque et son message était :

JE SUIS ASIATIQUE ET JE ME HAIS. PARLONS-EN !

Avais-je bien lu ? J'ai fait un détour d'au moins dix mètres pour aller lire l'inscription sous un autre angle, tandis que le porteur de pancarte faisait le tour de la fontaine. J'avais bien lu. Faute d'avoir un appareil photo sur mon téléphone, j'ai laborieusement décrit ce que je venais de voir à quelques amis, en utilisant mon système de textos en écriture intuitive datant de la fin des années quatre-vingt-dix — je ne voulais pas être le seul témoin de cette scène. Et je me suis lancée dans ce jeu vain et typiquement citadin du diagnostic-de-comptoir : Maladie mentale ? Ironie ? Émission de télé ? Provocation ? Idéologie ? Et j'ai tourné en rond comme ça. Je peux être particulièrement bête quand je réfléchis à certaines choses qui à d'autres semblent simples et évidentes. Je sais, par exemple, que je suis censée voir très clairement que l'homme qui, au volant d'une camionnette, a fauché des gens sur West Side Highway[1], était un terroriste aux motivations idéologiques, tandis que celui qui a fauché des gens au festival de musique country de Las Vegas[2] était un « fou ». Mais au lieu de ça, je vois une catégorie que j'appelle « la supplantation du phénomène par le récit toxique » — dont la densité et la complexité peuvent varier en intensité, alors que la nature fondamentale du crime reste

1. Référence à la tuerie de masse perpétrée par un chauffeur de camionnette le 31 octobre 2017 dans Lower Manhattan, à l'ouest de l'arrondissement de Manhattan, sur la Douzième Avenue — que l'on nomme également West Side Highway ou Joe DiMaggio Highway.

2. Référence à la tuerie de masse perpétrée par un tireur embusqué le 1er octobre 2017 à Las Vegas, pendant un festival de musique country en plein air, le Route Harvest 91.

la même. Je me pose des questions similaires sur le meurtre en tant que « crime de haine » et le meurtre en tant que simple meurtre. J'ai du mal à distinguer entre différentes formes de haine qui ont les mêmes conséquences. Entre la haine *des* femmes et la haine d'*une femme en particulier*. Les affirmations du type, *la police enquête sur ce crime haineux,* suscitent toujours en moi cette interrogation : si c'est un meurtre, de quel autre genre de crime pourrait-il s'agir ? Je me rends bien compte que cela est simpliste, mais je ne peux pas m'en empêcher. Je crois que ce qui me contrarie n'est pas le fait d'identifier les motivations d'un meurtrier — c'est un aspect qui ne devrait jamais être occulté — mais le trop d'importance donnée à ce qui me semble être une pensée qui va dans la mauvaise direction. Penser qu'un *crime de haine* est le crime le plus odieux qui soit, c'est conférer à ce crime, à mon avis, une aura de prépondérance indue. Je préférerais qu'on dise autre chose. *La police enquête sur ce crime d'une criante abjection. La police enquête sur ce crime aussi pitoyable qu'épouvantable, aussi pathétique que monstrueux.* La haine dirigée contre un groupe d'êtres humains *en tant que groupe* est, de fait, la plus avilissante et la plus irrationnelle des haines qui soit, la plus faible, et aussi *la plus banale.* Elle ne devrait rayonner d'aucune aura particulière, la hissant dans une catégorie épistémologique distincte. Car c'est exactement ce que le tueur croit. Il croit qu'il n'est pas entré dans l'église pour assassiner un groupe de personnes innocentes, *comme n'importe quel meurtrier,* non, il y est entré pour exprimer une « idéologie » au moyen de la violence, pour commettre un « acte » revêtu de ce qu'il se flatte de considérer lui-même comme sa philosophie des choses.

Pourquoi le prendre au mot ? En faisant cela, nous reproduisons ses « idées » à visée d'auto-agrandissement, et nous nous demandons après coup seulement si sa brutalité n'est pas, au fond, la conséquence d'une extrême inadéquation, tant personnelle que sociale, et ce même en dépit du fait que nous ne cessons d'en apprendre davantage sur la singulière coalescence, en particulier chez les jeunes hommes, d'une pensée telle que : *je déteste les* ________ *(insérer là une certaine catégorie d'individus),* avec d'autres pensées comme : *personne n'a envie de coucher avec moi* et *je me sens moche.* Mais je comprends l'instinct. Le crime est si monstrueux qu'il semble impossible que sa motivation n'ait pas un poids égal à celui des vies qu'il a prises. Sauf que la philosophie du tueur n'a rien à voir avec ça. Sa catégorie spéciale n'a pas de poids.

Son manifeste est écrit en lettres de sang, et les « idées » qui ont motivé son crime méritent à peine cette appellation. Non, le tueur s'est saisi d'une pulsion primaire — la haine — et l'a revêtue de lieux communs. *La police enquête sur une haine revêtue de lieux communs, projetée sur autrui.* Un peu lourd, j'en conviens.

Mais il semblerait que ma trop longue errance dans ce parc m'ait conduite vers une étrange sortie. Cet homme asiatique ne projetait pas sa haine sur autrui — la pancarte l'indiquait clairement. Sa haine ne s'adressait qu'à lui-même, et cependant son message impliquait une forme d'agressivité sous-jacente, car il nous obligeait tous, passant devant lui, à prendre part à son navrant processus de pensée — pour peu que nous ayons su le déterminer — en rendant presque inévitable que nous essayions de l'interroger et de le diagnostiquer, même si aucun de nous n'avait demandé que son attention soit ainsi forcée. Disons que c'était de mauvais goût ; ça mettait mal à l'aise, et presque tous ceux qui passaient devant lui, moi y compris, le regardaient en levant les yeux au ciel. Mais il m'est resté gravé à l'esprit. Quelque chose dans sa façon de marcher, de se déplacer dans le monde, suggérait qu'il ne s'agissait pas d'un sketch comique, ni d'une remarque ironique, mais plutôt d'une provocation suscitée par un profond ressenti, censée exprimer un véritable processus de pensée. Un récit toxique (pour moi) mais que je n'avais aucune peine à croire. Si je ne m'abuse, on considère généralement comme une forme de pathologie mentale le fait de se haïr démesurément, mais contrairement à la réaction que nous avons devant d'autres formes de maladie mentale — *je crois que le diable me parle, je crois que le gouvernement est contrôlé par des aliens* — ici nous ne mettons pas en doute cet homme qui nous dit qu'il se hait lui-même. Quoi qu'il puisse faire d'autre, il est en train d'énoncer devant nous une atroce vérité.

L'état mental que nous appelions d'ordinaire « folie » témoigne, plus ou moins, d'une profonde méprise de la réalité ; et lorsque le monde lui-même devient méconnaissable, lorsque le monde semble devenir « fou », je me demande quel effet cela produit sur ceux qui n'ont jamais connu une relation harmonieuse entre les phénomènes du monde et leur propre esprit. Ceux qui ont toujours ressenti qu'un fossé les séparait de l'explication du monde. Les schizophrènes. Les dissociés. Ont-ils l'impression que le monde est finalement, effectivement, « venu à eux » ? Que toutes ces choses que l'on prétendait n'être que leurs pathologies individuelles, leurs délires complotistes, se sont maintenant généralisées ? Qu'est-ce que cela fait d'avoir toujours vu, dans son esprit, l'apocalypse envahir les rues de New York, puis un jour de marcher dans ces mêmes rues pour constater — exactement comme dans l'enfer de son propre paysage intérieur — qu'elles sont maintenant désertées, vides, silencieuses ?

Environ un mois après le confinement, l'homme que j'avais vu dans le parc a envoyé à tous les enseignants de l'université un courriel dans lequel il développait le message de sa pancarte, parlant de son état comme d'une « dysphorie ethnoraciale », dans un long manifeste qui, je dois le reconnaître, avait par endroits les aspects d'une philosophie, et déployait un grand nombre d'idées, aussi étranges fussent-elles. C'est là que j'ai compris : quand on se hait soi-même, il est probable que la réflexion soit bien plus présente que lorsqu'on nourrit une haine quelconque à l'endroit d'un objet extérieur, une haine toute prête à être projetée sur autrui. La rafale de courriels administratifs paniqués qui s'est ensuivie indiquait clairement que ce message aurait un certain ensemble de répercussions si l'on déterminait qu'il s'agissait simplement d'un courriel « ironique » ou haineux, et un autre ensemble de répercussions si l'on considérait que l'incident procédait d'une pathologie mentale. J'ai été soulagée de constater qu'il ne m'appartenait pas de choisir entre ces deux options. En lieu et place de la réflexion complexe que requiert une telle décision, je me suis retrouvée avec les pensées inutiles d'une romancière : Qu'est-ce que cela fait, en pareil moment, d'avoir l'esprit qui s'embrase ? Se sent-on encore plus à distance du monde ? Ou est-ce le monde, à l'extrémité nouvelle où il se trouve, qui a fini par venir à soi ?

POST-SCRIPTUM : LE VIRUS DU MÉPRIS

Tu te mets à penser au mépris comme à un virus. Contaminant les individus, d'abord, mais se propageant rapidement dans les familles, les quartiers, les populations, les structures du pouvoir, les nations. Moins clinquant que la haine. Plus mortel. Quand le mépris tue, ce n'est pas nécessairement par vendetta ni même entièrement conscient. Ça peut être juste un truc dans l'air. C'est beaucoup plus courant et de ce fait beaucoup plus létal. « Le virus n'en a rien à faire, de qui tu es. » Et il en va de même avec le mépris : aux yeux du mépris, tu ne t'élèves pas même au niveau d'un objet de haine — cela supposerait une pleine reconnaissance de ton existence. Devant le mépris, tu n'es tout simplement pas considéré comme d'autres le sont, tu es quelque chose de moins qu'une personne entière, tu n'es pas un citoyen entier. Tu es, disons… trois cinquièmes du tout[1]. Tu es une statistique. Tu es à contourner. Tu es une perte calculée. Tu n'as aucun recours. Tu ne représentes aucun capital, et de ce fait tu ne représentes aucun pouvoir. Tu es sans conséquence. Aucun fameux avocat tout bien fringué n'accourra sur les lieux pour te défendre, portant son petit attaché-case et s'exclamant : « C'est mon client ! » Tu es facilement incarcéré et facilement oublié. Les enjeux sont minimes. Et donc : le mépris.

1. Référence au compromis des trois cinquièmes (*three-fifths compromise*), qui fut établi lors de la Convention de Philadelphie de 1787 entre les colonies du Nord et du Sud, aux États-Unis. Ce compromis considère, dans les règles de comptage des personnes représentées à la Chambre, qu'un esclave est comptabilisé à hauteur de trois cinquièmes d'un individu libre. Ce compromis fut inscrit dans la Constitution des États-Unis, dans l'article premier, section 2, clause 3, qui notamment détermine comme constituant la population d'un État, d'une part, les « personnes libres » (*free persons*), et d'autre part, les « autres personnes » (*other persons*), c'est-à-dire les esclaves : *« Representatives and direct taxes shall be apportioned among the several States which shall be included within this Union, according to their respective Numbers, which shall be determined by adding to the whole Number of Free Persons, including those bound to Service for a Term of Years, and excluding Indians not taxed, three fifths of all other Persons. » — Art. I, Sec. II, United States Constitution, 1787.* Par cette clause dite des trois cinquièmes, les esclaves sont comptabilisés (aux trois cinquièmes) pour le calcul de la représentation à la chambre basse du Congrès et au collège électoral, ce qui garantit un certain poids politique aux États du Sud.

En Angleterre, on nous offre un équivalent horripilant mais relativement comique de ce virus, sous la forme de « la boîte à idées » du Premier ministre, le nommé Dominic[1], dont la principale idée est de réfuter l'existence de l'impératif catégorique. À la place, il a une règle pour les hommes comme lui, les hommes qui ont des idées, et une autre règle pour « les gens ». Il s'agit d'un variant spécifiquement britannique du virus. Le mépris de classe. Le mépris technocrate. Le mépris du Philosophe-Roi. Quand on attrape ce variant britannique, on se met à croire que les gens sont là pour être régentés. Qu'ils sont là pour être gérés, manœuvrés, endurés, tolérés (jusqu'à un certain point), ridiculisés (à l'abri des portes closes), sentimentalisés, bowdlerisés[2], pilotés, maintenus sous surveillance, dirigés, utilisés, et écoutés avec attention, mais uniquement pour les besoins de la collecte de données, grâce à

1. Dominic Cummings, principal conseiller de Boris Johnson.

2. Référence à Thomas Bowdler (1754-1825), médecin et philanthrope anglais du temps des rois George, dont on se souvient parce qu'il a œuvré à censurer l'œuvre de Shakespeare. Son nom a donné le verbe *bowdlerize,* qui signifie : 1. Expurger (par exemple un livre) en omettant ou en modifiant des parties considérées vulgaires. 2. Modifier en abrégeant, en simplifiant ou en déformant le style ou le contenu.

quoi on moissonne la matière brute qui sert à les manipuler d'autant plus. Pendant les conférences de presse, on le voyait bien, l'organisme de Dominic grouillait de ce virus — depuis des mois. Seule sa bouche faisait mine. Sa bouche articulait qu'il avait conduit une cinquantaine de kilomètres de Durham à Barnard Castle dans le seul but de tester sa vue[1]. Le reste de son visage était envahi par les symptômes habituels, s'étalant aux yeux de tous. Ennui, contrariété, impatience, incrédulité. Ses yeux, revigorés par son test de conduite, en disaient long : *Pourquoi vous me faites suer avec ces absurdités ?* Mépris. Un peu plus tôt en février, le concept d'« immunité de masse » avait été servi à la population — ou plutôt à ce large échantillon de la population constitué de gens qui ne sont ni des épidémiologistes ni des lecteurs du *New Scientist.* Mais pour cet homme qui est une boîte à idées, l'expression devait sans doute être déjà très familière, en parfaite continuité avec un très ancien credo personnel. L'immunité. Contre la masse.

1. Telle fut la justification fournie par Dominic Cummings, en avril 2020, lorsqu'il fut accusé une deuxième fois de ne pas avoir respecté le confinement imposé au reste du pays par le gouvernement dont il se trouvait être alors le principal conseiller.

L'agent de police affichait une version sadique du même visage. *Pourquoi vous me faites chier avec ces conneries ?* La connerie, en l'occurrence, c'était un homme qui expliquait qu'il ne pouvait plus respirer parce que l'agent de police lui écrasait le cou sous son genou. Un homme qui s'appelait George. Et qui signalait à cet agent de police qu'il était sur le point de mourir. Il faut vraiment beaucoup haïr un homme, pour s'agenouiller sur son cou jusqu'à ce qu'il meure sous le regard de toute une foule et d'une caméra, sachant les conséquences que cela aura probablement sur sa propre vie. (Ou bien il faut être assez certain de son immunité — contre la masse. Ce qui n'a jamais été un pari tellement risqué pour un agent de police blanc dans l'histoire des États-Unis.) Là c'était encore plus sinistre — plus mortel. Le virus, dans sa manifestation la plus létale.

La contamination survient dès l'instant où le commerçant en question appelle les flics et que la voix au bout de la ligne demande de quelle race est le grand criminel qui vient d'essayer d'écouler un faux billet de vingt dollars avec l'encre encore fraîche dessus. Pour avoir la moindre chance d'attraper le virus avec la réponse « blanc », il faut y apposer une caractéristique telle que « sans abri » ou « toxico ». L'absence de capital doit aussi être d'une évidence frappante — visible. Mais la réponse « noir » se présente immédiatement avec une lourde charge, et dès lors un certain nombre de gestes potentiellement violents — qui autrement auraient été improbables — deviennent tout à coup psychologiquement possibles. À ce genre de corps, on ne se contente pas de faire la leçon ou de dresser un PV, ou de l'embarquer au poste. Ça n'aurait aucun respect pour l'autorité, si on se contentait de faire ça — après tout, ce genre de corps est plus que rompu aux mauvais traitements. Et il ne saurait non plus être question de le prendre au sérieux quand ça commence à se plaindre d'avoir mal, car ce genre spécifique de corps américain est bien connu pour sa résistance à toutes sortes d'improbables désagréments. Ce genre de corps vit dans des espaces exigus et boit de l'eau polluée au plomb, c'est forcément sujet au diabète et ça souffre de toutes sortes de pathologies qui semblent constituer une part mystérieuse de sa culture. Ça reste emprisonné pendant des années dans une cellule sans fenêtre. Et quand bien même ça se plaindrait — sans argent, sans ce fameux avocat tout bien fringué accourant à son secours — quel recours ça aurait ?

Le patient zéro de ce virus se tenait sur le pont d'un bateau négrier il y a quatre cents ans, regardant la masse gémissante, ensanglantée et suante des corps en contrebas, et à partir de cette situation dont lui, le patient, avait été l'artisan, il conçut a posteriori une émotion — le mépris. Il regardait les êtres humains qu'il avait lui-même enchaînés là, et se fit la réflexion qu'ils semblaient le genre de personnes à porter des chaînes. Tellement différents des autres personnes. Si effroyablement différents ! Plus tard, dans son champ de coton, il les ferait fouetter et aussitôt les ferait remettre au travail, et il penserait : *Il est impossible qu'ils ressentent les choses comme nous. On les fouette, et ils se remettent au travail.* Et ainsi, les ayant placés dans une catégorie semblable à celle où nous plaçons les animaux, il éprouva à leur égard la même peur et le même mépris que celui que nous éprouvons pour les animaux. Des animaux, tout ensemble assujettis à l'homme et une menace pour lui, simultanément.

Ils n'ont aucun capital, pas même leur travail.
On peut tout leur faire.
Ils n'ont aucun recours.

Trois brins dans l'ADN du virus. En théorie, ces trois principes de l'esclavage ont été éradiqués des lois du pays — sans parler des cœurs et des esprits de la population — il y a longtemps déjà. En théorie. En pratique, ils se transmettent comme un virus par les écoles et les églises, les publicités et le cinéma, les livres et les partis politiques, les salles d'audience des tribunaux, les complexes pénitentiaires industriels et, bien entendu, les services de police. Comme un virus, ils s'activent dans l'invisibilité du corps jusqu'à ce que la maladie se déclare. Je crois vraiment que beaucoup de gens ne sont pas du tout conscients qu'ils sont porteurs du virus, jusqu'au moment précis où ils se retrouvent à téléphoner aux flics pour expliquer de quelle race est cet homme qui leur paraît suspect rien que parce qu'il marche dans une rue de son propre quartier, ou parce qu'il s'est adressé à eux d'un ton insolent dans Central Park, ou quelle que soit leur foutue raison. Une des bizarreries du virus — James Baldwin l'avait déjà mise en évidence — est qu'il fait croire au malade que les symptômes du mal en sont la cause. Pourquoi, sinon, les porteurs de ce virus s'échineraient-ils — même de nos jours, même dans les États les plus démocrates d'Amérique — à empêcher que leurs enfants aillent à l'école avec les enfants de ces gens dont les vies, soi-disant, comptent ? Pourquoi persisteraient-ils — même de nos jours, même dans les États les plus démocrates d'Amérique — à considérer qu'un quartier n'est digne d'être habité par eux que si le pourcentage de ses résidents noirs est suffisamment faible pour leur garantir l'impossibilité d'une contamination ? Cette mentalité regarde par-dessus la clôture et voit de l'autre côté des gens frappés par la peste : la peste de la pauvreté, d'abord et avant tout. *Si cet enfant, qui a grandi dans la pauvreté, s'assoit en classe à côté de mon enfant, qui a grandi dans le privilège, alors mon enfant souffrira — mon enfant attrapera son virus.* Cette terreur, pas-si-secrète-que-ça, loge au tréfonds des cœurs démocrates comme des cœurs républicains ; elle joue un rôle central dans la propagation de la contagion. (Craindre la contagion de la pauvreté reste raisonnable. Persister à voter pour des programmes politiques qui s'assurent de maintenir la permanence de l'existence d'un quart-monde, c'est ce que désigne le « racisme structurel ».) Et il faut être un Américain bien naïf pour continuer, à ce stade, de penser que l'intégration — si elle devait jamais se produire réellement un jour — ne créerait pas quelques pertes initiales de chaque côté. Un privilège si longtemps conservé ne se perd pas comme ça. Un isolement si longtemps conservé — même s'il a toujours été contraint — ne se laisse pas quitter sans douleur. Mais là je ne fais qu'avancer des hypothèses : la vérité, c'est que parmi les porteurs de ce virus il n'y a jamais eu assez de gens prêts à prendre le risque de perdre le moindre iota de leur capital social afin de découvrir quelle sorte d'Amérique se trouve peut-être de l'autre côté de la ségrégation. Ils se contentent de s'afficher en « écran noir » sur les réseaux sociaux pendant une journée, de lire uniquement des livres écrits par des Noirs pendant un temps, de « s'éduquer » à propos des « questions noires » — mais seulement dans la mesure où cette éducation ne prend pas la forme de vrais enfants noirs qui iraient dans leurs écoles à eux.

Si ce virus et les inégalités qu'il engendre devaient un jour nous quitter, alors les clivages extrêmes des États-Unis d'Amérique s'atténueraient. Ils ne disparaîtraient pas — aucun pays au monde ne peut y prétendre — mais certaines choses cesseraient d'être considérées comme normales. Il n'y aurait plus d'un côté ceux à qui on enseigne le latin, et de l'autre ceux à qui on enseigne à peine à lire et écrire. Il n'y aurait plus d'un côté ceux qui comptent leur fortune en milliers de milliards, et de l'autre ceux qui survivent au jour le jour. Un lancement spatial ne serait pas aussitôt suivi d'une violente émeute urbaine. Des étudiants blancs ne fumeraient pas de joints dans leurs chambres de campus universitaire pendant que leurs pairs noirs se prennent des peines de prison ferme pour leur avoir vendu ces joints. Les États-Unis d'Amérique ne seraient plus cet endroit ahurissant, tout en contrastes inouïs et violences spectaculaires, qui fait paraître tranquilles et insipides les pays où règne un peu plus d'équité. Mais aujourd'hui la question est : les États-Unis ont-ils métabolisé ce virus ? Ont-ils vécu si longtemps avec ce virus qu'à présent ils n'en ont même plus peur ? Y a-t-il dans cette Amérique un désir assez fort de voir advenir une autre Amérique ? Un changement réel impliquerait d'admettre largement que le discours racial fataliste et essentialiste, souvent utilisé comme remède de surface pour traiter les symptômes de ce virus, réussit, en pratique, à masquer habilement le fait que l'ADN de ce virus est fondamentalement économique, et pour cette raison même, il est le plus efficacement attaqué lorsque de nombreux membres de la classe des pestiférés — c'est-à-dire toutes les personnes subissant cette exploitation économique, quelle que soit leur race — agissent en solidarité les uns avec les autres. Un tel changement impliquerait d'admettre (douloureusement) que ce virus contamine non seulement les individus mais aussi l'ensemble des structures du pouvoir, ainsi que peut en attester n'importe quel citoyen noir qui s'est un jour trouvé écrasé au sol par un agent de police noir. Si nos représentants élus éprouvent du mépris envers nous, si de la même manière les soi-disant forces de l'ordre et de la loi éprouvent ce même mépris, c'est parce que tous pensent que nous n'avons aucun recours, que nous n'avons aucun pouvoir, en dehors de cette seule force qu'ils s'imaginent depuis bien longtemps trop scindée, trop divisée et trop oubliée pour nous être d'une quelconque utilité : le pouvoir du peuple. Il y a longtemps que le travail d'une seule communauté ne suffit plus à guérir le mal qui nous afflige tous.

J'ai cru un temps qu'un jour viendrait où nous aurions un vaccin : que si suffisamment de personnes noires pouvaient nommer ce virus, l'expliquer, montrer à tous comment il opère, enregistrer les images de ses effets, manifester pacifiquement contre lui, révéler combien sa propagation est grande, comment ses symptômes surgissent, comment tant d'Américains continuent à se le transmettre, irresponsablement, éhontément, de génération en génération, causant d'intolérables et incommensurables dégâts aux corps individuels comme au corps politique — j'ai cru que si ce savoir se propageait aussi largement qu'il lui était possible de le faire ou qu'il nous était possible de l'imaginer, alors nous finirions un jour par atteindre un genre d'immunité de masse. Je ne crois plus cela.

Indications

Dettes et leçons

1. Ma mère

L'énergie, la vitalité, le charisme. La source : un goût immodéré pour les enfantillages. Que je partage.

2. Mon père

Une disposition à admettre l'échec et la faiblesse. Une acceptation de la culpabilité.

3. Ben

La bonne humeur. Une certaine énergie familiale combinée à un désir, propre à l'art de la performance, de ne rien gaspiller, de partager tous ses dons avec les autres.

4. Luke

Une spiritualité bricolée maison. L'amour de

la nature et une foi en toute chose naturelle — la mort aussi. Une horloge interne qui se moque bien du temps du monde.

5. M. Rainbow

Quand on était dans sa classe, ce qu'on trouvait devant soi, sur le bureau, c'était à soi et à soi seul de le perfectionner. Faire du mieux que l'on pouvait. L'écriture manuscrite — un art éteint à l'époque déjà — était avec lui une chose aussi sérieuse que l'orthographe, les mathématiques, ou la mémorisation des événements de l'année 1066. La joie et la rigueur étaient une seule et même chose : afin que le chœur tout entier jouisse du chant « Bali Hai », il portait une attention martiale à chacune des parties de l'ensemble. Il n'y avait nulle part où se cacher dans ce chœur. Et nulle fierté à tirer de ce que nous, « les chanteurs », quittions ensemble l'école tous les mardis après-midi pour accomplir cette tâche. Il n'y avait rien d'exceptionnel à cela, pas même lorsque, quelques mois après, nous avons chanté « Bali Hai » à la perfection, comme il nous avait appris à le faire. Oui, nous l'avons bien chanté. Ce chant magnifique. C'est au chant que nous le devions.

6. Darren

Que le préjugé est des plus dangereux, non

pas lorsqu'il réside dans les cœurs et les esprits individuels, mais lorsqu'il se perpétue au sein d'un système. Par exemple : un système éducatif qui se montre incapable de voir qu'un garçon est un enfant, et ne voit en ce garçon qu'une menace potentielle. Que tout enfant, entrant dans un système régi par de tels préjugés, court un grave danger. Peu importe que cet enfant soit incroyablement beau et incroyablement talentueux, qu'il soit à la fois inspiré et capable d'inspirer les autres, aimant et aimé — il pourra toujours être brisé.

7. Kibibi

Danser. Se maquiller avec un rien — juste ce qu'on a sous la main. Être tout le temps surpris par les moindres choses, comme un diable à ressort qui jaillit de sa boîte, le plus précieux des jouets. Le voilà ! Le voilà ! Et donc : ne jamais être cynique.

8. Kellas

Se considérer chanceux, y compris dans des situations que presque tout le monde considérerait comme extrêmement difficiles et injustes. Penser, de manière réfléchie, à qui souffre. Pardonner à quiconque nous a blessé, quelle que soit la gravité de la blessure, surtout si on a la moindre intuition que cette personne, en nous blessant, s'est elle-même blessée. Ne pas faire de distinction hiérarchique entre les personnes. Raconter toutes les histoires exactement comme elles se sont passées, en exagérant seulement pour l'humour, mais sans jamais mentir, et sans jamais essayer de se donner le beau rôle.

9. Christine

Que je fais partie de la diaspora. *Sistahood.* Cette sororité-là.

10. Muhammed Ali

« Aucun Viêt-Cong ne m'a jamais traité de nègre. » Et donc : la solidarité.

11. Pablo

Un peintre de treize ans, avant-gardiste, très différent des autres garçons, est apparu dans l'école. Ouvertement gay. Fier. Argentin. L'immigrant le plus récent dans une école pleine d'immigrants. Il cherchait un modèle pour dessiner un nu qui, en cours de réalisation, s'est avéré être une œuvre abstraite : cercles et triangles. On ne m'y reconnaissait pas, mais lui et moi, nous nous sommes reconnus. Le portrait était marginal, il était marginal, j'étais marginale. Se délecter d'être à la marge.

12. Lorraine Hansberry

« Quand tu t'avises de juger quelqu'un, juge *en connaissance de cause,* ma fille, en connaissance de cause[1]. » Et donc : la compassion.

13. Jenny, professeure d'art dramatique

Une tâche est là devant vous. Elle n'est pas aussi glorieuse que vous l'auriez imaginé ou espéré. (Dans ce cas précis, ce n'est pas le West End, ce n'est pas Broadway, c'est juste une petite boîte noire adossée à un affreux collège). Mais c'est la tâche qui est là devant vous. Réjouissez-vous. Plus elle est absurde et minuscule, plus elle mérite qu'on s'y attelle et qu'on s'y consacre. Les grands projets pleins de bon sens nécessitent beaucoup moins de conviction. Les personnes qui se consacrent à des choses sans importance sont parfois aveugles aux frontières formelles que se donne le monde des choses importantes. Il se peut qu'elles considèrent les adolescents comme des personnes. Il se peut que le monde des choses importantes les considère, elles, comme absurdes. Il se peut qu'elles commettent des erreurs. Des mesures seront alors prises.

1. Lorraine Hansberry, *Un raisin au soleil* (Acte III, Mama à Beneatha), traduction de Sarah Vermande et Samuel Légitimus, L'Arche Éditeur, 2022.

La frontière entre ce qui a de l'importance et ce qui n'a pas d'importance sera douloureusement rétablie. Mais quiconque est entré dans la petite boîte noire n'oubliera jamais la magie qu'elle recèle.

14. ZORA NEALE HURSTON

Juste : *des couilles en acier.* Même si ça, c'est dans la langue d'un autre. D'où l'importance de trouver sa langue à soi. *Des nibards en acier ?*

15. TRACY CHAPMAN

« La seule chose que tu as, c'est ton âme. » Et donc : la liberté.

16. HANNAH

La bonté, la bienveillance, l'attention de chaque jour — comme amie, comme fille, comme mère, comme sœur. Hannah a-t-elle jamais fait le moindre mal à quiconque ?

17. DAISY

Un sens moral pratique. Un calendrier rempli de tous les anniversaires, de toutes les dates à se rappeler. Ne rien remettre au lendemain. Pas d'amour abstrait — rien que du concret, rien que des preuves. Le souvenir et la commémoration comme gestes d'amour, accomplis au nom de toutes les autres personnes moins organisées, moins capables de se rappeler, et donc reconnaissantes à la souffleuse. La valeur d'être cette personne qui se souvient de l'enfance des autres mieux qu'ils ne s'en souviennent eux-mêmes, et de prendre sur soi la charge de préserver ces enfances pour les sauvegarder. Ramener son enfance à un ami de longue date, au moment même où il en a le plus besoin.

18. ZULFI

Avoir une épaisseur de peau de moins que les autres, et de ce fait tout ressentir : le bon et le mauvais, le beau et l'abject. Pas seulement pour en faire de l'art, mais en quelque sorte pour le vivre.

19. VIRGINIA WOOLF

Remplacer cette épaisseur de peau manquante par le langage. Tant que ça voudra bien fonctionner.

20. MAGS

Délires, délices, jeunesse, soleil, lettres d'amour, chansons d'amour ! *« Love me »*, chantaient les Cardigans, *« Love me… Fool me »*, et nous avons fait les deux. On peut en venir à dédaigner ce genre de chanson d'amour. Mais on n'oubliera jamais complètement ce que c'était que d'écouter les paroles d'une chanson pop et d'y entendre la vérité.

21. NICK

Aimer. Donner. Grandir. Le rire comme offrande de paix. Le courage. (Toutes leçons encore en cours d'acquisition.)

22. DEVORAH

Savoir tirer avantage de son épaisseur manquante, à tout moment et en toutes choses. Lire chaque ligne d'un livre avec le même sentiment de responsabilité et de culpabilité que si on l'avait soi-même écrit. Et, à l'inverse, écrire chacune de ses propres phrases comme si on n'avait pas plus d'autorité sur ces lignes que n'en aurait une personne inconnue. Ne jamais se dire qu'on a fini de réfléchir à quelque chose, car toute chose est aussi infinie que Dieu. Se dire que tout a une métaphysique.

23. DARRYL

L'histoire comme antidote au dogmatisme. L'identité comme domaine d'intérêt, comme forme sous laquelle on peut choisir de déployer son amour — et son engagement.

24. Dave

Aussi improbable que cela puisse paraître, il *est possible* d'agir. De prendre les rênes. De se servir de son imagination pour construire des dispositifs pratiques qui, d'une façon ou d'une autre, amélioreront la vie des personnes qui y prendront part. La paranoïa devant l'agir — ou les motivations de l'agir — est une vue pernicieuse de l'esprit, propre aux intellectuels et aux philosophes. La vérité, c'est que certaines personnes possèdent le don d'agir. Chez certaines, ce don est immense, gigantesque, extraordinaire à contempler.

25. Carol

En présence d'un enfant, s'installer par terre. Ou bien se placer à la hauteur du regard de l'enfant. Être mère est un art. Prendre soin d'une maison est un art. Jardiner est un art. Faire de la pâtisserie est un art. Celles et ceux d'entre nous qui n'ont aucun talent dans ces domaines — ou peut-être aucun intérêt à toutes ces choses — auraient trop facilement tendance à les déprécier. Faire la conversation est un art, qu'il ne faut jamais mépriser simplement parce que l'on est terrorisé à l'idée d'avoir à la faire soi-même. Connaître le nom de tous ses voisins est un art. Envoyer des cartes de vœux à tous les gens qu'on connaît — ça aussi, c'est un art. Mais par-dessus tout, il y a l'art de jouer. Toutes les femmes qui, une fois adultes, savent encore jouer avec les enfants — leurs histoires devraient être célébrées. Recueillies dans un livre, comme l'a fait Giorgio Vasari avec ses *Vies des artistes.* À défaut de cela, leurs petits-enfants se souviennent.

26. Les contingences

Que je sois née quand je suis née, à l'endroit où je suis née — un hasard historique relatif. Que j'aie pu grandir dans une période de transformation sociale, religieuse et politique. Que je sois allée dans une école où l'on nous faisait encore chanter les hymnes anglicans, pendant un certain temps du moins, si bien que la diction ancienne de mon pays m'a été inculquée très jeune, et s'est mêlée de manière féconde aux autres sons de mon héritage culturel. Que la fin d'une chose et le début d'une autre m'aient toujours paru à la fois évidents et réjouissants. Milton et Monie Love. *Hill and gully rider, hill and gully !* Keats et les Monty Python. *And did those feet in ancient times ?* Kafka et Prince. *Yellow bird, high up in banana tree. Twelfth Night* et *Desmond's.* Malcolm X et Aneurin Bevan. Oscar Wilde et Baldwin. *« Pump up the jam, pump it up ! »*

Peter Cook et Tupac. Queen Latifah et Vita Sackville-West. Qu'il y ait toujours eu tant de voix dans les rues où je vivais. Que toutes ces convergences si complexes aient été ma première appréhension du monde. Que personne ne se soit mêlé de mes affaires, sexuelles, quand j'étais enfant. Que mon père ait été un homme stable et sans histoires et qui ne buvait pas, à cause de son rein faible. Que mon goût pour l'alcool ou tout autre moyen d'altérer et d'amplifier l'humeur ne soit curieusement jamais devenu immodéré. Que ma mère n'ait jamais détesté sa peau, ni ses cheveux, ni son nez, ni ses fesses, ni aucune partie de son corps. Que ma famille ait été essentiellement matriarcale. Que j'aie été considérée comme « laide », dans ma jeunesse, puis « belle », par la suite. Qu'au moment où l'opinion des autres a changé à ce sujet, il ait été trop tard pour que cela change quoi que ce soit en moi. Que toutes les femmes que j'admirais dans mon enfance aient été issues de ce que Toni Cade Bambara appelait la tradition des championnes : Neneh, George Eliot, Madonna, Katharine Hepburn, Grace Jones, Salt, Pepa, Lil' Kim, Joan Armatrading, Angela Davis, Elizabeth I. Que ma peur soit plus forte que mon désir — y compris le désir de me faire du mal. Que mes grands-pères — l'un alcoolique et violent, l'autre destructeur de femmes — me soient tous deux inconnus. Que mes frères aient toujours été merveilleux à mes yeux, dès le début. Que j'aie été l'aînée de ma fratrie, avec tous les oublis honteux que cela implique. Que j'aie rencontré un être humain dont l'amour m'a permis de ne pas trop souvent rechercher l'amour dans mon travail — même lorsque nous nous sommes fait désespérément souffrir. Que mes enfants sachent la vérité de qui je suis et pourtant me supportent encore, pour l'instant. Que ma lâcheté physique et morale n'ait jamais vraiment été mise à l'épreuve, jusqu'à présent.

DE LA MÊME AUTRICE

Aux Éditions Gallimard

SOURIRES DE LOUP, 2001 (Folio n° 3844)

L'HOMME À L'AUTOGRAPHE, 2005 (Folio n° 4405)

DE LA BEAUTÉ, 2007 (Folio n° 4873)

CHANGER D'AVIS, *essais*, 2013

CEUX DU NORD-OUEST, 2014 (Folio n° 5970)

SWING TIME, 2018 (Folio n° 6739)

GRAND UNION, 2021

INDICES, Folio n° 6944, 2021

COLLECTION FOLIO

Dernières parutions

6716. John Dos Passos	*1919. U.S.A. II*
6717. John Dos Passos	*La grosse galette. U.S.A. III*
6718. Bruno Fuligni	*Dans les archives inédites du ministère de l'Intérieur. Un siècle de secrets d'État (1870-1945)*
6719. André Gide	*Correspondance. 1888-1951*
6720. Philippe Le Guillou	*La route de la mer*
6721. Philippe Le Guillou	*Le roi dort*
6722. Jean-Noël Pancrazi	*Je voulais leur dire mon amour*
6723. Maria Pourchet	*Champion*
6724. Jean Rolin	*Le traquet kurde*
6725. Pénélope Bagieu	*Culottées Livre II-partie 1*
6726. Pénélope Bagieu	*Culottées Livre II-partie 2*
6727. Marcel Proust	*Vacances de Pâques* et autres chroniques
6728. Jane Austen	*Amour et amitié*
6729. Collectif	*Scènes de lecture. De saint Augustin à Proust*
6730. Christophe Boltanski	*Le guetteur*
6731. Albert Camus et Maria Casarès	*Correspondance. 1944-1959*
6732. Albert Camus et Louis Guilloux	*Correspondance. 1945-1959*
6733. Ousmane Diarra	*La route des clameurs*
6734. Eugène Ébodé	*La transmission*
6735. Éric Fottorino	*Dix-sept ans*
6736. Hélène Gestern	*Un vertige* suivi de *La séparation*
6737. Jean Hatzfeld	*Deux mètres dix*

6738. Philippe Lançon	*Le lambeau*
6739. Zadie Smith	*Swing Time*
6740. Serge Toubiana	*Les bouées jaunes*
6741. C. E. Morgan	*Le sport des rois*
6742. Marguerite Yourcenar	*Les Songes et les Sorts*
6743. Les sœurs Brontë	*Autolouange* et autres poèmes
6744. F. Scott Fitzgerald	*Le diamant gros comme le Ritz*
6745. Nicolas Gogol	*2 nouvelles de Pétersbourg*
6746. Eugène Dabit	*Fauteuils réservés* et autres contes
6747. Jules Verne	*Cinq semaines en ballon*
6748. Henry James	*La Princesse Casamassima*
6749. Claire Castillon	*Ma grande*
6750. Fabrice Caro	*Le discours*
6751. Julian Barnes	*La seule histoire*
6752. Guy Boley	*Quand Dieu boxait en amateur*
6753. Laurence Cossé	*Nuit sur la neige*
6754. Élisabeth de Fontenay	*Gaspard de la nuit*
6755. Elena Ferrante	*L'amour harcelant*
6756. Franz-Olivier Giesbert	*La dernière fois que j'ai rencontré Dieu*
6757. Paul Greveillac	*Maîtres et esclaves*
6758. Stefan Hertmans	*Le cœur converti*
6759. Anaïs LLobet	*Des hommes couleur de ciel*
6760. Juliana Léveillé-Trudel	*Nirliit*
6761. Mathieu Riboulet	*Le corps des anges*
6762. Simone de Beauvoir	*Pyrrhus et Cinéas*
6763. Dōgen	*La présence au monde*
6764. Virginia Woolf	*Un lieu à soi*
6765. Benoît Duteurtre	*En marche !*
6766. François Bégaudeau	*En guerre*
6767. Anne-Laure Bondoux	*L'aube sera grandiose*
6768. Didier Daeninckx	*Artana ! Artana !*
6769. Jachy Durand	*Les recettes de la vie*
6770. Laura Kasischke	*En un monde parfait*
6771. Maylis de Kerangal	*Un monde à portée de main*
6772. Nathalie Kuperman	*Je suis le genre de fille*

6773.	Jean-Marie Laclavetine	*Une amie de la famille*
6774.	Alice McDermott	*La neuvième heure*
6775.	Ota Pavel	*Comment j'ai rencontré les poissons*
6776.	Ryoko Sekiguchi	*Nagori. La nostalgie de la saison qui vient de nous quitter*
6777.	Philippe Sollers	*Le Nouveau*
6778.	Annie Ernaux	*Hôtel Casanova* et autres textes brefs
6779.	Victor Hugo	*Les Fleurs*
6780.	Collectif	*Notre-Dame des écrivains. Raconter et rêver la cathédrale du Moyen Âge à demain*
6781.	Carole Fives	*Tenir jusqu'à l'aube*
6782.	Esi Edugyan	*Washington Black*
6783.	J.M.G. Le Clézio	*Alma*. À paraître
6784.	Emmanuelle Bayamack-Tam	*Arcadie*
6785.	Pierre Guyotat	*Idiotie*
6786.	François Garde	*Marcher à Kerguelen*. À paraître
6787.	Cédric Gras	*Saisons du voyage*. À paraître
6788.	Paolo Rumiz	*La légende des montagnes qui naviguent*. À paraître
6789.	Jean-Paul Kauffmann	*Venise à double tour*
6790.	Kim Leine	*Les prophètes du fjord de l'Éternité*
6791.	Jean-Christophe Rufin	*Les sept mariages d'Edgar et Ludmilla*
6792.	Boualem Sansal	*Le train d'Erlingen ou La métamorphose de Dieu*
6793.	Lou Andreas-Salomé	*Ce qui découle du fait que ce n'est pas la femme qui a tué le père* et autres textes psychanalytiques
6794.	Sénèque	*De la vie heureuse* précédé de *De la brièveté de la vie*
6795.	Famille Brontë	*Lettres choisies*

6796. Stéphanie Bodet	*À la verticale de soi*
6797. Guy de Maupassant	*Les Dimanches d'un bourgeois de Paris* et autres nouvelles
6798. Chimamanda Ngozi Adichie	*Nous sommes tous des féministes* suivi du *Danger de l'histoire unique*
6799. Antoine Bello	*Scherbius (et moi)*
6800. David Foenkinos	*Deux sœurs*
6801. Sophie Chauveau	*Picasso, le Minotaure. 1881-1973*
6802. Abubakar Adam Ibrahim	*La saison des fleurs de flamme*
6803. Pierre Jourde	*Le voyage du canapé-lit*
6804. Karl Ove Knausgaard	*Comme il pleut sur la ville. Mon combat - Livre V*
6805. Sarah Marty	*Soixante jours*
6806. Guillaume Meurice	*Cosme*
6807. Mona Ozouf	*L'autre George. À la rencontre de l'autre George Eliot*
6808. Laurine Roux	*Une immense sensation de calme*
6809. Roberto Saviano	*Piranhas*
6810. Roberto Saviano	*Baiser féroce*
6811. Patti Smith	*Dévotion*
6812. Ray Bradbury	*La fusée* et autres nouvelles
6813. Albert Cossery	*Les affamés ne rêvent que de pain*
6814. Georges Rodenbach	*Bruges-la-Morte*
6815. Margaret Mitchell	*Autant en emporte le vent I*
6816. Margaret Mitchell	*Autant en emporte le vent II*
6817. George Eliot	*Felix Holt, le radical.* À paraître
6818. Goethe	*Les Années de voyage de Wilhelm Meister*
6819. Meryem Alaoui	*La vérité sort de la bouche du cheval*
6820. Unamuno	*Contes*

6821. Leïla Bouherrafa — *La dédicace*. À paraître
6822. Philippe Djian — *Les inéquitables*
6823. Carlos Fuentes — *La frontière de verre.* Roman en neuf récits
6824. Carlos Fuentes — *Les années avec Laura Díaz.* Nouvelle édition augmentée
6825. Paula Jacques — *Plutôt la fin du monde qu'une écorchure à mon doigt.* À paraître
6826. Pascal Quignard — *L'enfant d'Ingolstadt. Dernier royaume X*
6827. Raphaël Rupert — *Anatomie de l'amant de ma femme*
6828. Bernhard Schlink — *Olga*
6829. Marie Sizun — *Les sœurs aux yeux bleus*
6830. Graham Swift — *De l'Angleterre et des Anglais*
6831. Alexandre Dumas — *Le Comte de Monte-Cristo*
6832. Villon — *Œuvres complètes*
6833. Vénus Khoury-Ghata — *Marina Tsvétaïéva, mourir à Elabouga*
6834. Élisa Shua Dusapin — *Les billes du Pachinko*
6835. Yannick Haenel — *La solitude Caravage*
6836. Alexis Jenni — *Féroces infirmes*
6837. Isabelle Mayault — *Une longue nuit mexicaine*
6838. Scholastique Mukasonga — *Un si beau diplôme !*
6839. Jean d'Ormesson — *Et moi, je vis toujours*
6840. Orhan Pamuk — *La femme aux cheveux roux*
6841. Joseph Ponthus — *À la ligne. Feuillets d'usine*
6842. Ron Rash — *Un silence brutal*
6843. Ron Rash — *Serena*
6844. Bénédicte Belpois — *Suiza*
6845. Erri De Luca — *Le tour de l'oie*
6846. Arthur H — *Fugues*
6847. Francesca Melandri — *Tous, sauf moi*
6848. Eshkol Nevo — *Trois étages*
6849. Daniel Pennac — *Mon frère*
6850. Maria Pourchet — *Les impatients*

Composition Nord Compo
Impression Novoprint
à Barcelone, le 17 mai 2021
Dépôt légal : mai 2021
ISBN 978-2-07-293339-4/Imprimé en Espagne.

377420